d

Heimliche Gedichte

Ausgewählt von
Daniel Keel und
Daniel Kampa

Diogenes

Mitarbeit: Margaux de Weck
Ein genaues Inhaltsverzeichnis,
ein alphabetisches Verzeichnis
der Gedichtüberschriften und -anfänge
sowie ein Nachweis befinden sich
am Schluss des Bandes
Umschlagillustration: Henri Matisse,
›Corbeille d'oranges‹, 1912/13

www.diogenes.ch
60/07/44/1
ISBN 978 3 257 06555 8

»Ein Theaterstück ist Mittelstreckenlauf,
Prosa ist Marathon
und Lyrik Hochsprung.«

Friedrich Dürrenmatt

Zu diesem Buch

»Die Krönung der Literatur ist das Dichten«, hat W. Somerset Maugham einmal geschrieben, »es ist ihr Zweck und Ziel. Es ist die erhabenste Tätigkeit des menschlichen Geistes. Es ist das Erreichen von Schönheit und Zartheit. Der Prosaschriftsteller kann nur zur Seite treten, wenn der Dichter erscheint.« Oder selbst Gedichte schreiben. Diese Anthologie offenbart verborgene Schätze: Gedichte von Autoren, die für ihre Romane und Erzählungen bekannt sind und die dennoch vereinzelt Gedichte geschrieben haben, die wenige kennen. Viele dieser Gedichte erscheinen hier zum ersten Mal auf Deutsch oder in Buchform.

Es ist erstaunlich, wie viele berühmte Prosaautoren mit einem Gedichtband debütiert haben, zum Beispiel William Faulkner, Graham Greene oder Milan Kundera, und später nur selten Gedichte schrieben oder die Frühwerke verdrängten. Als Joseph Roth schon ein berühmter Romancier war, behauptete er gegenüber Soma Morgenstern: »Ich habe nie Gedichte geschrieben. Flaubert hat

keine Gedichte geschrieben, und Tolstoi auch nicht.« Dabei hatte Joseph Roth als Gymnasiast den Wunsch, Lyriker zu werden, und schon vor dem Ersten Weltkrieg Gedichte in verschiedenen Zeitungen veröffentlicht, von denen in dieser Anthologie drei abgedruckt sind.

Andere Autoren veröffentlichen Gedichte erst spät, wie zum Beispiel Hugo Loetscher, der im Nachwort zu seinem Gedichtband *Es war einmal die Welt* gleich selbst eine Erklärung dafür gab: »Da hat es ein Autor bis über siebzig gebracht. Und nun, nachdem er Romane und Erzählungen veröffentlichte, Essays und Poetik-Vorlesungen herausbrachte, Glossen und Reportagen sammelte, legt er auch noch Gedichte vor. Es verhält sich aber nicht so, als habe sich dieser Autor am Ende zu etwas entschlossen, das bisher nicht zählte oder das er vernachlässigte. Dieser Autor hatte sich schon als Schüler für eine literarische Existenz entschieden, in einem Alter, in dem man nicht Schriftsteller wird, sondern Dichter.«

»Einen Roman zu schreiben heißt, sich vor dem Schreiben von Gedichten zu drücken«, hat einmal Muriel Spark bemerkt. Dahinter stecken aber nicht nur literarisches Zögern, sondern oft ganz einfach ökonomische Zwänge. In Balzacs *Verlorenen Illusionen* gibt es eine vielsagende Szene, in der ein Verleger zu seinen Gehilfen sagt: »Sobald

jemand mit einem Lyrikmanuskript kommt, so gebt ihm sofort den Laufpass, Verse sind die Würmer des Buchhandels«. Wie zu Balzacs Zeiten ist die Rechnung eine einfache: Romane verkaufen sich besser als Gedichtbände, von Lyrik allein kann fast kein Schriftsteller leben.

»Ich glaube, ich habe ein einziges Gedicht geschrieben, und das war nicht besonders gut«, so John Irvings Selbsteinschätzung, die man nicht teilen muss. Viele Romanciers haben ihre Nebenwerke mit großer Diskretion behandelt, vielleicht um sich vor der Kritik zu schützen, Romanciers könnten sowieso keine guten Gedichte schreiben. Alan Sillitoe hat über diesen Konflikt sogar ein Gedicht verfasst:

Schreib keine Gedichte,
Sagte der Rezensent.
Erzähl eine Geschichte,
Das sind die Sachen
Für die man dich kennt.

Unsinn, sagte ich.
Du spinnst.
Leck mich am Arsch.
Du kannst mich mal.

Verpiss dich.
Hau ab.

Na, ist das ein Gedicht?

Er sagte: Reimt sich nicht.

In einem erhaltenen Notizbuch aus dem Jahr 1950 notierte Friedrich Dürrenmatt: »Es wird mir klar, dass alles Dichterische nicht gekonnt, sondern blind geschehen muss. Ein Abenteuer. Ein Sich-treiben-Lassen vom Stoff zu unbekannten Zielen. Was man mit der Zeit erlernen kann: die Kunst des Steuerns.« So sind denn auch viele der in diesem Band versammelten Gedichte Gelegenheitsverse, wie zum Beispiel das von Patrick Süskind zum 60. Geburtstag der Diogenes Verleger Daniel Keel und Rudolf C. Bettschart, oder Martin Suters Gedichtpaar *Was ich mag* und *Was ich nicht mag*, das er als Antwort auf eine Umfrage schrieb. Ein Urteil soll das nicht sein – »die größte Dichtung ist Gelegenheitsdichtung: Einfall des Augenblicks«, heißt es in Muriel Sparks Erzählung *Der Seraph und der Sambesi*.

»Wer ständig zur See fährt – der liebt das Festland; wer ewig in der Prosa steckt, der sehnt sich leidenschaftlich nach Poesie«, so Anton Čechov

Inhalt

Zu diesem Buch 9

Henry David Thoreau 16 Herman Melville 24
Robert Louis Stevenson 26
Ford Madox Ford 30 W. Somerset Maugham 40
Robert Musil 44 B. Traven 47 James Joyce 48
D.H. Lawrence 52 Raymond Chandler 60
Katherine Mansfield 70 Dorothy Parker 86
Joseph Roth 94 F. Scott Fitzgerald 98
Friedrich Glauser 114 William Faulkner 118
Ernest Hemingway 122 Vladimir Nabokov 130
Frank O'Connor 148 George Orwell 152
Samuel Beckett 162 Malcolm Lowry 170
Max Frisch 178 Alfred Andersch 181
Heinrich Böll 183 Carson McCullers 186
Muriel Spark 190 Primo Levi 204
Ray Bradbury 210 Friedrich Dürrenmatt 218
Patricia Highsmith 232 Joan Aiken 248

Alan Sillitoe 254 Hugo Loetscher 260
John Updike 266 Raymond Carver 278
Ingrid Noll 292 Urs Widmer 293
Niklaus Meienberg 294 Sławomir Mrożek 302
John Irving 308 Otto Jägersberg 312
Michael Ondaatje 316 Jörg Fauser 326
Paul Auster 332 Ian McEwan 336
Martin Suter 360 Philippe Djian 368
Patrick Süskind 372 Doris Dörrie 374
Anthony McCarten 376 Arnon Grünberg 384

Alphabetisches Verzeichnis
nach Autoren 393
Alphabetisches Verzeichnis
der deutschen Titel und Anfänge
der Gedichte 399
Alphabetisches Verzeichnis
der Titel und Anfänge der Gedichte
(Originalsprache) 406
Nachweis 411

1891 in einem Brief an E. M. Savrova. In einem anderen Brief aus dem gleichen Jahr bemerkte Čechov: »Verehrte Lidijka Alekseevna, seit ich denken kann, habe ich keine Gedichte geschrieben. Das heißt, nur ein einziges Mal habe ich einem kleinen Mädchen eine Fabel ins Poesiealbum geschrieben, aber das ist sehr, sehr lange her. Die Fabel ist noch heute lebendig, viele kennen sie auswendig, aber das kleine Mädchen ist bereits zwanzig Jahre alt, und ich selbst bin, dem allgemeinen Gesetz gehorchend, in der Literatur bereits ein alter Hund, der auf das Verseschmieden mit einem verächtlichen Gähnen herabsieht.«

Aber vielleicht brauchte Čechov auch keine Gedichte zu schreiben. Peter Urban, der Čechov-Übersetzer und -Kenner, nannte Čechovs Schriften einmal »Gedichte in Prosa«. Als Raymond Carver späte Gedichte und Prosastücke, viele davon im Angesicht des Todes geschrieben, zu seinem letzten Buch *A New Path to the Waterfall* ordnete, stellte er mitten zwischen die eigenen Arbeiten Zitate aus Čechov-Erzählungen, die er beim Lesen angestrichen und zu kleinen Prosagedichten zusammengestellt hatte. So machte Raymond Carver Čechov am Ende doch noch zu einem Lyriker.

Aber wird die Grenze zwischen Prosa und Lyrik nicht sowieso zu streng gezogen? Carson

McCullers, die fünf Romane und über zwanzig Erzählungen schrieb, aber nicht einmal eine Handvoll Gedichte, war überzeugt: »Gute Prosa sollte vom Glanz der Poesie durchtränkt sein; Prosa sollte wie Poesie sein, Poesie sollte so klar verständlich wie Prosa sein.«

Daniel Kampa

Heimliche Gedichte

Henry David Thoreau

My life has been the poem
I would have writ,
But I could not both live
and utter it.

Henry David Thoreau

Mein Leben war das Gedicht,
das ich zu schreiben wollte wagen,
Doch konnt ich nicht zugleich es leben
und es sagen.

HENRY DAVID THOREAU

The Summer Rain

My books I'd fain cast off, I cannot read,
'Twixt every page my thoughts go stray at large
Down in the meadow, where is richer feed,
And will not mind to hit their proper target.

Plutarch was good, and so was Homer too,
Our Shakespeare's life were rich to live again,
What Plutarch read, that was not good nor true,
Nor Shakespeare's books, unless his books were men.

Here while I lie beneath this walnut bough,
What care I for the Greeks or for Troy town,
If juster battles are enacted now
Between the ants upon this hummock's crown?

Bid Homer wait till I the issue learn,
If red or black the gods will favor most,
Or yonder Ajax will the phalanx turn,
Struggling to heave some rock against the host.

Henry David Thoreau

Der Sommerregen

Weg mit den Büchern, bin des Lesens satt,
   Mein Geist schweift immer von den Seiten fort
Zur Wiese, wo er reichre Nahrung hat.
   Sein wahres Ziel, das trifft er ja nur dort.

Plutarch war gut, Homer ist gut gewesen,
   Wie Shakespeare lebte, lebten gern auch wir.
Plutarch hat nichts, was schön *und* wahr, gelesen,
   Selbst Shakespeares Bücher sind ja nur Papier.

Was schert, wenn unterm Walnussbaum ich ruh,
   Mich, was in Troja einst die Griechen machten,
Wo sich hier liefern auf dem Hügel nun
   Die Ameisen sehr viel gerechtere Schlachten.

Homer mag warten, bis ich hab geklärt,
   Gilt Rot der Götter Gunst, gilt Schwarz sie
      mehr,
Ob Ajax dortenhin die Phalanx kehrt,
   Den Felsblock stemmend gegen Feindesheer.

Tell Shakespeare to attend some leisure hour,
 For now I've business with this drop of dew,
And see you not, the clouds prepare a shower—
 I'll meet him shortly when the sky is blue.

This bed of herd's grass and wild oats was spread
 Last year with nicer skill than monarchs use.
A clover tuft is pillow for my head,
 And violets quite overtop my shoes.

And now the cordial clouds have shut all in,
 And gently swells the wind to say all's well;
The scattered drops are falling fast and thin,
 Some in the pool, some in the flower-bell.

I am well drenched upon my bed of oats;
 But see that globe come rolling down its stem,
Now like a lonely planet there it floats,
 And now it sinks into my garment's hem.

Drip drip the trees for all the country round,
 And richness rare distills from every bough;
The wind alone makes every sound,
 Shaking down crystals on the leaves below.

Sagt Shakespeare, dass er sich gedulden muss,
Bin just befasst mit einem Tropfen Tau,
Die Wolken, schaut, bereiten einen Guss.
Ich komm zu ihm, sobald der Himmel blau.

Von Waldtrespe und Wiesengras dies Beet
Ist edler als des Königs Park bereitet,
Es ruht mein Haupt auf dem Plumeau aus Klee,
Mein Schuh hier zwischen Veilchenbüscheln
schreitet.

Ein Wall aus heitren Wolken uns umringt,
Der laue Wind verheißt gelindes Wetter;
Nun fallen Tropfen, spärlich noch, beschwingt
Teils in den Teich, teils auf die Blütenblätter.

Zwar schon durchnässt auf meinem Gräserbett,
Seh ich der Kugel zu, die rollt hinunter
Am Halm, schwebt wie ein einsamer Planet
Und geht in meinem Kleidersaume unter.

Tropf, tropfen alle Bäume ringsherum,
Üppig verströmt sich jeder Ast umher;
Der Wind nur tönet, sonst ist alles stumm.
Kristalle schüttelt von den Blättern er.

For shame the sun will never show himself,
  Who could not with his beams e'er melt me so;
My dripping locks—they would become an elf,
  Who in a beaded coat does gayly go.

Die Sonne, schambleich, kommt nicht mehr
heraus;
Stumpf ist ihr Perlenglanz. Mit nasser Locke
Kehr strahlend ich als Elf zurück nach Haus,
Geh lustig hin im perlenbestickten Rocke.

Herman Melville

Monody

To have known him, to have loved him
  After loneness long;
And then to be estranged in life,
  And neither in the wrong;
And now for death to set his seal—
  Ease me, a little ease, my song!

By wintry hills his hermit-mound
  The sheeted snow-drifts drape,
And houseless there the snow-bird flits
  Beneath the fir-trees' crape:
Glazed now with ice the cloistral vine
  That hid the shyest grape.

Herman Melville

Monodie

Gekannt ihn, ihn geliebt zu haben
Nach langer Zeit als Eremit,
Dann auseinander sich zu leben –
Ganz schuldlos, wie es so geschieht;
Ach, und dass jetzt sein Siegel setzen muss der
Tod –
Gewähr mir Trost, ein wenig Trost, mein Lied!

Sein Eremitengrab am winterlichen Hang
Deckt frischer Schnee wie eine weiße Haube,
Die Schneeammer, nun unbehaust, schwirrt
drüber hin,
Dicht unterm Trauerflor der Tannenlaube:
Vereist ist jetzt die klösterliche Rebe,
An der verborgen hing die allerscheuste
Traube.

Robert Louis Stevenson

The Land of Counterpane

When I was sick und lay a-bed,
I had two pillows at my head,
And all my toys beside me lay
To keep me happy all the day.

And sometimes for an hour or so
I watched my leaden soldier go,
With different uniforms and drills,
Among the bed-clothes, through the hills;

And sometimes sent my ships in fleets
All up and down among the sheets;
Or brought my trees and houses out,
And planted cities all about.

I was the giant great and still
That sits upon the pillow-hill,
And sees before him, dale and plain,
The pleasant land of counterpane.

Robert Louis Stevenson

Das Bettdeckenland

Wenn krank ich lag in meinem Bett,
Auf Kissen, dass bequem ich's hätt,
Mein Spielzeug immer bei mir blieb,
Damit ich mir die Zeit vertrieb.

Und oft wohl übern halben Tag,
Da exerziert' der Zinnsoldat;
In wildem Angriff ging's zuhauf
Im Sturm den Lakenhügel rauf.

Und manchmal zog in weitem Bogen
Die Flotte über Bettzeugwogen;
Ich hatte Haus und Baum dabei
Und baute Städte eins, zwei, drei.

Ein Riese war ich, groß und schwer,
Der thronte in dem Kissenmeer,
Und vor mir bis an Bettes Rand
Die Decke war mein Wunderland.

My Bed is a Boat

My bed is like a little boat;
   Nurse helps me in when I embark;
She girds me in my sailor's coat
   And starts me in the dark,

At night, I go on board and say
   Good-night to all my friends on shore;
I shut my eyes and sail away
   And see and hear no more.

And sometimes things to bed I take,
   As prudent sailors have to do;
Perhaps a slice of wedding-cake,
   Perhaps a toy or two.

All night across the dark we steer:
   But when the day returns at last,
Safe in my room, beside the pier,
   I find my vessel fast.

ROBERT LOUIS STEVENSON

Mein Bett ist ein Boot

Mein Bett ist wie ein kleines Boot,
Darin ich sitz als Seemann fein,
Der segelt nach dem Abendbrot
In tiefe Nacht hinein.

Nehm Abschied von der Freunde Kreis,
Die winkend noch am Ufer stehn;
Ich schließ die Augen still und leis
Und schon stech ich in See.

Und manchmal nehm ich Sachen mit
Wie wir Matrosen gerne tun,
Vielleicht ein Stückchen Schiffsbisquit,
Und Spielzeug noch dazu.

So geht's im Dunkel durch die Nacht:
Wenn Morgen graut, da bin ich hier
Und find mein Boot gut festgemacht
An meines Zimmers Pier.

Ford Madox Ford

The Small Philosophy

C'est toi qui dors dans l'ombre, ô sacré souvenir

If we could have remembrance now
And see, as in the winter's snow
We shall, what's golden in these hours,
The flitting, swift, intangible desires of sea and strand!

Who sees what's golden where we stand?
The sky's too bright, the sapphire sea too green;
I, I am fevered, you cold-sweet, serene,
And ... and ...

Yet looking back in days of snow
Unto this olden day that's now,
We'll see all golden in these hours
This memory of ours.

Ford Madox Ford

Die kleine Philosophie

C'est toi qui dors dans l'ombre, ô sacré souvenir

Ach, hätten wir Erinnerungen heut
Und könnten, wie im Schnee zur Winterzeit
Wir doch das Goldene sehn in dieser Stund,
Das flirrend-flink-unfassbare Verlangen von
Meer und Strand!

Wer sieht das Gold hier, wo wir stehn im Sand?
Zu hell der Himmel, das saphirne Meer zu grün;
Ich, ich im Fieber, du kalt-süß, vergnügt und kühn
Und... und...

Doch schauen wir zurück im Schnee zur
Winterszeit
Auf frühere Tage, Tage so wie heut,
Dann sehn das Goldene wir in dieser Stund,
Sehn unserer Erinnerung auf den Grund.

FORD MADOX FORD

In the Train

Out of the window I see a dozen great stars,
  burning bright,
Flying in silence, engrossed in the uttermost
  depths of the night,
Star beyond star, growing clear, flying on as
  I pass through the night.
It's many days since last I saw the stars
Look through the night sky's bars
Like mists and veils of shimmer and shining
  gauze—
So little time we have and so much cause
To stay beneath the roof; so much to do!
The life we lead! ... Well, you
Get to your bed at ten, and you, away
I like my glass of wine to end the day.

Now as the train ambles on, slowly and I watch
  alone
Stars and black woods and the stream, dim in the
  light of the stars

FORD MADOX FORD

Im Zug

Sterne vorm Fenster ich sehe, ein Dutzend in
gleißender Pracht
Fliegen in Schweigen dahin, gebannt von den
äußersten Tiefen der Nacht;
Stern neben Stern leuchtet auf, und sie fliegen
dahin, als ich geh durch die Nacht.
Lang ist es her, seit ich zuletzt die Sterne da
Hinter den Gittern der Nacht funkeln sah
Wie Nebel und Schleier aus schimmerndem
Glanz und glänzender Seide –
So wenig Zeit und so viel Grund haben wir beide,
Das Dach überm Kopf nicht zu verlassen, so viel
zu tun!
So, wie wir leben! – Je nun,
Um zehn gehst du schlafen, und bist du fort,
Beschließe ich gerne den Tag mit einem Glas
Wein am Fenster dort.

Gemächlich zuckelt jetzt der Zug, ich schau
hinaus, hab Zeit genug,
Die Sterne zu betrachten, und seh im matten
Sternenlicht den Fluss, die Wälder schwarz,

Winding away to the past beneath Castor and
  Pollux and Mars;
It seems as long since last I held your hand
As since I saw the stars.
And ah! if we meet in this land,
And ah! if we meet oversea—
In the dark where the traffic of London races
Or in these castled, woodland places—
And then—wherever it be
Shall not our thoughts go away into deeps
Where the mind sleeps and the brain too sleeps,
As when we take thought and we gaze
Past all the bee swarms of stars,
Spread o'er the night and its bars,
Past mists and veils and shimmer and shine and
  haze
Into the deep and silent places,
The still, unfathomable spaces
Where the brain sleeps and the mind too sleeps

Vergangenwärts vorüberziehen, und droben leuchten Castor, Pollux, Mars;
Wie lang ist's her, dass ich zuletzt hielt deine Hand?
Mir scheint, als ich zuletzt die Sterne sah, da war's.
Und ach! wenn wir uns wiedersehn in diesem Land,
Und ach! wenn wir in Übersee uns wiedersehen,
Sei es bei Dunkelheit in London im Verkehrsgewimmel,
Sei's dort, wo Wälder, Burgen sind und weite Himmel,
Gleichviel, wo dies auch wird geschehen,
Wollen wir die Gedanken nicht in die Tiefe streunen lassen,
Wo der Geist schläft, wo der Verstand schläft gleichermaßen,
Denn fassen wir nun einen Gedanken und blicken wir auch
Vorbei an den Bienenschwärmen der Sterne,
Und an den Gittern der Nacht in die Ferne,
Vorbei an Nebeln und Schleiern aus schimmernder Seide und glänzendem Hauch –
Zu den tiefen und schweigenden Orten,
Den stillen, unergründlich tiefen Räumen dorten,
Wo der Verstand schläft, wo der Geist schläft gleichermaßen,

And all the deeps stretch out beyond the deeps
And thought dies down before infinity …
So, in an utter satisfaction
Beyond all thought and beyond all action
In a blindness more blind than the starless places
I shall stretch my face to where your face is.
And over head, over land and sea
Shall the white stars wheel in their reverie.

Und all die Tiefen fort und fort sich erstrecken
in eine Tiefe – nicht mehr zu fassen,
Dort, wo der Gedanke ersterben muss vor der
Unendlichkeit...
Und so, in äußerster Befriedigung wandelnd
Über jeden Gedanken hinaus, hinaus über jedes
Handeln,
In einer Blindheit, blinder als jeder sternenlose
Ort,
Strecke ich dem Deinen mein Gesicht entgegen
dort,
Und über Kopf und Land und Meere weit
Lassen wir kreisen die Sterne, die weißen, wie
im Traum durch den Raum, durch die Zeit.

FORD MADOX FORD

A Night Piece

But, of those better tides of dark and melancholy,
When one's abroad in a field, the night very
deep, very holy,
The turf very sodden a-foot, walking heavy,
the small ring of light,
Of the lanthorn one carries, a-swinging to left
and to right,
Revealing a flicker of hedge-row, a flicker of
rushes—and night
Ev'rywhere; ev'rywhere sleep and a hushing to
sleep—
I know that I never shall utter the uttermost
secrets aright,
They lie so deep.

Ford Madox Ford

Ein Nachtstück

Jedoch die unaussprechlichen Geheimnisse
der besseren Stunden des Dunkels, der Melancholie,
Da man streift durch die Felder, die Nacht tief
und heilig wie nie,
Wenn das Gras ganz nass ist, das Gehen ganz
schwer fällt, und einen kleinen Lichtkreis
macht
Die schwankende Laterne, die man auf seiner
Wanderung mitgebracht
Und die flackernd erhellt dort das Schilf und
hier ein Stück Hecke – und Nacht
Überall; überall Schlummer, nichts, was sich
regte oder was rief –
Sie aussprechen werde ich nie, gleich, ob ich
wachte, gleich, ob ich schlief,
Sie liegen so tief.

Lines

I could not bear the thought that I should ever
lose you
Or that our lives might ever be disjoined,
But yet I knew that in your wanton heart
There was for me nor love nor tenderness.
To many another I saw you give unwanted
kisses,
But when I sought to break the chain that bound
me
You twined your slim soft arms about my neck
And would not let me go.
Humbly I thanked you when you feigned to love
me.
I bought your grudging lips for gold.
And now the love I thougt would last till death
is dead.
Ah, where is that high power that you had
To make the heavens golden with a smile

W. SOMERSET MAUGHAM

Verse

Ich konnte den Gedanken nicht ertragen, dass ich dich jemals verlieren sollte
Oder dass unser beider Leben jemals getrennt würde,
Obwohl ich wusste, dass es in deinem leichtfertigen Herzen
Für mich weder Liebe noch Zärtlichkeit gab.
Vielen anderen sah ich dich unerwünschte Küsse geben,
Doch wenn ich die Kette, die mich band, zu sprengen suchte,
Schlangst du deine schlanken, weichen Arme um meinen Hals
Und wolltest mich nicht gehen lassen.
Demütig dankte ich dir, wenn du vorgabst, mich zu lieben.
Ich kaufte deine widerwilligen Lippen mit Gold.
Und nun ist die Liebe, von der ich glaubte, sie würde währen bis zum Tode, tot.
Ach, wo ist die große Macht, die du besaßest,
Die Himmel mit einem Lächeln zu vergolden

Or with a careless word to cloud the summer
day?
In weariness, and not in death or parting, is
The bitterness of love. Spent is my passion
Like a river dried up by the sun's fierce rays.
I look into my empty heart and shrink
dismayed:
My soul is like a desert, and the wild wind blows
In its silent, barren spaces.
The night-birds build their nests amid the tombs
Of kings. My eyes rest on you sadly. I regret
My pain, my rapture, my anguish and my bliss.

Oder mit einem unbedachten Wort den Sommertag zu verdüstern?
In Schwermut, nicht in Tod noch Trennung, liegt
Der Liebe Bitterkeit. Verbraucht ist meine Leidenschaft
Wie ein Fluss, ausgetrocknet von der Sonne grimmigen Strahlen.
Ich blicke in mein leeres Herz und schaudere entsetzt:
Meine Seele ist wie eine Wüste, und der wilde Wind bläst
In ihren stillen, leeren Weiten.
Die Vögel der Nacht bauen ihre Nester zwischen den Grüften
Von Königen. Meine Augen ruhen traurig auf dir. Mich dauern
Mein Schmerz, mein Entzücken, meine Qual und meine Wonne.

ROBERT MUSIL

Heimweh

Bin ein trübseliger Wetterling;
Vor meinem Haus zwei gelb Schmetterling
Flackern im Grau.
Du, meine Frau!
Traumgaukelding!
Tückischer Zaubervogel, schwankst
Still in mir wie ein Schaukelring.

Robert Musil

Die Hitze

Eine Hitzewelle und ein Maximum
Wälzen sich über Berlin herum …
30 Grade zählst Du im Schatten
Der Nacht und zahlreiche Bräutigatten.
Sie flüstern unter jedem Baum und hinter jedem
Strauch
Und in allen Haustoren flüstern sie auch.
Die Bräutigattinen jedoch zählst Du besser
Nicht, denn sonst regnet's bei der Hitze Messer.
… So gehst Du nach Hause und trinkst versonnen
Da und dort unterwegs einen Schultheiß-
bronnen …
Und führt Dein Weg an einer Bank vorbei,
So merkst Du befriedigt: dort sitzen zwei,
Und legt sich Dir Park- oder Buschwerk quer,
So merkst Du sicher: dort sitzen mehr
Und wenn Du dann Augen hast, siehst Du
Weißes
Und hast Du Ohren, hörst Du ungemein Heißes
Und überhaupt musst Du allseits vor Seufzen
und Schmatzen
Beklommen Deine vereinsamten Lippen kratzen.

Und weil Du langsam wandelst der Hitze wegen,
Hast Du reichlich Zeit, Dir zu überlegen,
Wie bei solch einem Wetter doch unerwartet
Öffentlich die gute Sitte entartet,
Wodurch es auch der Tugendhafte nicht vermeidet,
Dass sein Schamgefühl unter der Hitze leidet.

So merkst Du sicher bald ihrer mehr
Denn manchmal raschelt vor Dir etwas Weißes
Und manchmal wispert hinter Dir etwas Heißes
Und links u rechts hörst Du es seufzen u schmatzen
Und siehst selig Verschlungne sich sinnend betatzen

Wie bei solch einem Wetter doch niemand vermeidet
Dass sein Schamgefühl unter der Hitze leidet.

B. Traven

Das Tanzlied des Totenschiffes

Was gehn euch meine Lumpen an?
Da hängen Freud' und Tränen dran.
Was kümmert euch denn mein Gesicht?
Ich brauche euer Mitleid nicht.

Was kümmert euch, was mir gefällt?
Ich lebe mich, nicht euch, in dieser Welt.
In euren Himmel will ich gar nicht rein,
Viel lieber dann schon in der Hölle sein.

Ich brauch' gewiss nicht eure Gnaden,
Und selbst wenn Tote ich geladen,
Wenn Schimpf und Schand' sind an mir dran,
Euch geht das einen Sch…dreck an.

Ich pfeife auf das Weltgericht.
An Auferstehung glaub' ich nicht,
Ob's Götter gibt, das weiß ich nicht,
Und Höllenstrafen fürcht' ich nicht.

Hoppla he, auf weiter See,
Hoppla, hoppla, he!

What counsel has the hooded moon
Put in thy heart, my shyly sweet,
Of Love in ancient plenilune,
Glory and stars beneath his feet—
A sage that is but kith and kin
With the comedian capuchin?

Believe me rather that am wise
In disregard of the divine.
A glory kindles in those eyes,
Trembles to starlight. Mine, O mine!
No more be tears in moon or mist
For thee, sweet sentimentalist.

JAMES JOYCE

Was hat dir der verkappte Mond
Ins Herz geflüstert, scheues Kind,
Von Liebe, die im Vollmond wohnt,
Von Sternen, die ihm Diener sind –
Ein Weiser, dem an List verwandt
Der Kapuziner-Komödiant?

Glaub lieber mir, dem weisern Mann,
Dem Göttliches geringe gilt:
In diesen Augen – schau sie an –
Erzittert wahr ein Sternenbild!
Nie wieder mache tränenblind
Der Mond dich, süß gefühlig Kind!

Bahnhofstrasse

The eyes that mock me sign the way
Whereto I pass at eve of day,

Grey way whose violet signals are
The trysting and the twining star.

Ah star of evil! star of pain!
Highhearted youth comes not again

Nor old heart's wisdom yet to know
The signs that mock me as I go.

James Joyce

Bahnhofstrasse

Ein narrendes Paar Augen zeigt
Den Weg mir, wenn der Tag sich neigt,

Den grauen Weg, dess' Zeichen fern
Der Stelldicheins- und der Trennungsstern.

Ah, Stern des Bösen! Stern aus Weh!
Hochherzige Jugend kommt nimmermeh',

Noch Altersweisheit, doch zu verstehn
Die Zeichen, die narrend mit mir gehn.

To Women, as far as I'm concerned

The feelings I don't have I don't have.
The feelings I don't have, I won't say I have.
The feelings you say you have, you don't have.
The feelings you would like us both to have, we
neither of us have.
The feelings people ought to have, they never
have.
If people say they've got feelings, you may be
pretty sure they haven't got them.
So if you want either of us to feel anything at all
You'd better abandon all idea of feelings
altogether.

D. H. Lawrence

Den Frauen – soweit es mich betrifft

Die Gefühle, die ich nicht habe, habe ich nicht.
Von dem Gefühl, das ich nicht habe, werde ich
nicht sagen, dass ich es habe.
Die Gefühle, von denen du sagst, dass du sie hast,
hast du nicht.
Die Gefühle, von denen du gerne hättest, dass wir
beide sie haben, hat keiner von uns.
Die Gefühle, die die Menschen haben sollten,
haben sie niemals.
Wenn die Menschen sagen, dass sie Gefühle
haben, kannst du ziemlich sicher sein, dass sie
sie nicht haben.
Wenn du also willst, dass einer von uns überhaupt etwas fühlt, tust du besser, alle Gedanken
an Gefühle vollständig aufzugeben.

Intimates

Don't you care for my love? She said bitterly.

I handed her the mirror, and said:
Please address these questions to the proper
person!
Please make all requests to head-quarters!
In all matters of emotional importance
please approach the supreme authority direct! —

And she would have broken it over my head,
but she caught sight of her own reflection
and that held her spellbound for two seconds
while I fled.

D. H. Lawrence

Intime Freunde

Machst du dir nichts aus meiner Liebe?, fragte sie bitter.

Ich reichte ihr den Spiegel und sagte:
Bitte, richte diese Frage an die zuständige Person!
Bitte, alle Eingaben an das Hautquartier zu richten!
In allen Angelegenheiten des Gefühls wende dich, bitte, unmittelbar an die Oberste Instanz!
Damit überreichte ich ihr den Spiegel.

Und sie würde ihn auf meinem Kopf zerschlagen haben,
aber da verfing sich ihr Blick in ihrem Spiegelbild,
und das hielt sie verzaubert fest die zwei Sekunden,
während deren ich entfloh.

D.H. Lawrence

Immorality

It is only immoral
to be dead-alive,
sun-extinct
and busy putting out the sun
in other people.

D. H. Lawrence

Immoralität

Unmoralisch ist nur,
lebendig tot zu sein,
sonnen-erloschen,
und eifrig bemüht, die Sonne
auch in andern auszulöschen.

All-Knowing

All that we know is nothing, we are merely
crammed waste-paper baskets
unless we are in touch with that which laughs at
all our knowing.

D. H. Lawrence

Allwissend

All unser Wissen ist nichts, wir sind nur vollgestopfte Papierkörbe,
wenn wir nicht in Fühlung sind mit dem in uns, das lacht über all unser Wissen.

Lines to a Lady with an unsplit infinitive

Miss Margaret Mutch she raised her crutch
With a wild Bostonian cry.
»Though you went to Yale, your grammar is
frail«,
She snarled as she jabbed his eye.
»Though you went to Princeton I never winced
on
Such a horrible relative clause!
Though you went to Harvard no decent larva'd
Accept your syntactical flaws.
Taught not to drool at a Public School
(With a capital P and S)
You are drooling still with your shall and will
You're a very disgusting mess!«

She jabbed his eye with a savage cry.
She laughed at his anguished shrieks.
O'er the Common he fled with a hole in his head.
To heal it took Weeks and Weeks.

Raymond Chandler

Lied auf eine Dame mit Sinn für Grammatik

Miss Margaret Mücke schwang ihre Krücke
Mit wildem Bostoner Geschrei:
»Auch wenn Sie in Yale war'n, wie hört sich das an, Mann«,
Und schlug zu, als wär nichts dabei.
»Sie waren in Princeton und die Leute grinsten,
Als man den Relativsatz vernahm.
Sie waren in Harvard, doch grau mir das Haar ward
Von Ihrem syntaktischen Kram.
Sie waren im Unterricht und können kein mir und mich,
Obwohl's an der Tafel dort stand.
Sie sind schon ein armer Wicht, ich hoffe, Sie schämen sich,
Warum stellt man Sie nicht an die Wand?«

Sie schlug ihn ganz blau, die streitbare Frau,
Und lachte noch, als er schrie.
Er rannte davon und er blutete schon,
Die Wunde, die heilte nie.

»O dear Miss Mutch, don't raise your crutch
To splinter my new glass eye!
There ain't no school that can teach a fool
The whom of the me and the I.
There ain't no grammar that equals a hammer
To nail down a cut-rate wit.
And the verb ›to be‹ as employed by me
Is often and lightly split.
A lot of my style (so-called) is vile,
For I learned to write in a bar.
The marriage of thought to words was wrought
With many a strong sidecar.
A lot of my stuff is extremely rough,
For I had no maiden aunts.
O dear Miss Mutch, leave go your clutch
On Noagh Webster's pants!

»The grammarian will, when the poet lies still,
Instruct him in how to sing.
The rules are clean; they are right, I ween,
But where do they make the *thing*?
In the waxy gloam of a Funeral Home
Where the gray morticians bow?

»Ach liebe Miss Mücke, bloß nicht mit der
Krücke,
Lasst mein Glasauge unversehrt.
Es gibt keine Anstalt, die mir in der Einfalt
Den Dativ des Genitivs lehrt.
Da hilft auch kein Schulbuch, das man unterm
Stuhl sucht,
Bei mir, da ist alles verloren.
Ich bin nicht gewieft für den Infinitiv,
Der ist oft noch unausgegoren.
Und ich weiß, mein Stil, der taugt ja nicht viel,
Hab ihn in der Kneipe gelernt,
Hab manches gelesen erst unter dem Tresen
Von einigen Cocktails erwärmt.
Und bei vielen Sachen, da ist nichts zu machen,
Denn ich ging nie zu Tanten zum Tee.
Ach liebe Miss Mücke, lasst doch die Krücke,
Die tät selbst Noah Webster zu weh.

»Der Lehrer, der lungert, wo der Dichter schon
schlummert,
Unterweist ihn in Rhythmus und Reim.
Die Regeln sind klar, doch man fragt sich wer's
war,
Der gesagt hat, so soll es sein?
Ward's geschmiedet in Öfen auf finstren Fried-
höfen,
Wo Totengräber bestimmen,

Is it written best on a palimpsest,
Or carved on a whaleboat's prow?
Is it neatly joint with needlepoint
To the chair that was Grandma's pride?
Or smeared in blood on the shattered wood
Where the angry rebel died?

»O dear Miss Mutch, put down your crutch,
And leave us crack a bottle.
A guy like I weren't meant to die
On the grave of Aristotle.
O leave us dance on the dead romance
Of the small but clear footnote.
The infinitive with my fresh-honed shiv
I will split from heel to throat.
Roll on, roll on, thou semicolon,
Ye commas crisp and brown.
The apostrophe will stretch like toffee
When we nail the full stop down.
Oh, hand in hand with the ampersand
We'll tread a measure brisk.

Stehn die Regeln so fremd auf dem Pergament,
Ist es das, was die Alten singen?
Oder ist es geschickt auf den Lehnstuhl gestickt
Wo die Großmutter selig schläft?
Steht mit Blut es geschrieben, wo Rebellen einst trieben
Ihr gar so verwegnes Geschäft?

O liebe Miss Mücke, legt nieder die Krücke
Und lasst uns zusammen was trinken,
Denn ein Mann so wie ich lässt nicht gern sein Gesicht
Ins Grab von Aristoteles sinken.
Kommt, lasst uns tanzen auf toten Romanzen,
Auf die Fußnoten wollen wir pfeifen,
Und das Adjektiv, na das bleibt eben schief,
Und den Konjunktiv lassen wir schleifen.
Da kommt es ja schon, das Semikolon,
Die Feder in die Tinte getunkt,
Hand in Hand findet sich der Gedankenstrich,
Und den Schluss bringen wir auf den Punkt.
Ja, das Apostroph, das wirkt etwas schroff,
Doch das Komma wird es schon richten.

We'll stroll all night by the delicate light
Of a well-placed asterisk.
As gay as a lark in the fragrant dark
We'll hoist and down the tipple.
With laughter light we'll greet the plight
Of the hanging participle!«

She stared him down with an icy frown.
His accidence she shivered.
His face was white with sudden fright,
His syntax lily-livered.
»O dear Miss Mutch, leave down your crutch!«
He cried in thoughtless terror.
Short shrift she gave. Above his grave:
HERE LIES A PRINTER'S ERROR.

Und auch wenn es schmerzt, steht die Tilde beherzt,
Wir schreiben drei Pünktchen mitnichten.
Auch wer ihn nicht kennt, setzt gern den Akzent,
Der allein von der Fremde uns blieb,
Wir tanzen und springen und lassen es schwingen,
Das vortreffliche Partizip.«

Sie sah nur zurück mit eiskaltem Blick
Und ließ seine Syntax verklingen.
Nun musste er weichen, schon halb bei den Leichen,
Und hatte bald nichts mehr zu singen.
»Ach liebe Miss Mücke, erspart mir die Krücke!«
So schrie er verzweifelt ihr zu.
Doch sie kannt keine Gnade. Es stand auf dem Grabe:
DES DRUCKFEHLERS LETZTE RUH.

Song at Parting

He left her lying in the nude
That sultry night in May.
The neighbors thought it rather rude,
He liked her best that way.

He left a rose beside her head,
A meat axe in her brain.
A note upon the bureau read:
»I won't be back again.«

Raymond Chandler

Taglied

Er ließ sie liegen bloß und nackt
Eines schwülen Abends im Mai.
Die Nachbarn sagten, da fehlt Takt,
Doch er fand rein gar nichts dabei.

Im Schädel blieb ihr die Axt zurück,
Eine Rose steckt' ihr im Mieder.
Auf den Zettel am Nachttisch fiel der Blick:
»Ich komme niemals wieder.«

Sleeping Together

Sleeping together ... how tired you were! ...
How warm our room ... how the firelight spread
On walls and ceiling and great white bed!
We spoke in whispers as children do,
And now it was I—and then it was you
Slept a moment, to wake—»My dear,
I'm not at all sleepy«, one of us said ...

Was it a thousand years ago?
I woke in your arms—you were sound asleep—
And heard the pattering sound of sheep.
Softly I slipped to the floor and crept
To the curtained window, then, while you slept,
I watched the sheep pass by in the snow.

O flock of thoughts with their shepherd Fear
Shivering, desolate, out in the cold,
That entered into my heart to fold!

Katherine Mansfield

Zusammen schlafen

Zusammen wir schliefen… so müde warst du!…
So warm war's im Zimmer… das Feuer so heiß,
Wärmte Wände und Decke und das Bett, groß
und weiß!
Wir tuschelten leise, wie Kinder, und schliefen
Immer abwechselnd ein, fuhren hoch und riefen:
Ich schlaf nicht, mein Liebling, ich höre dir zu,
Ich bin gar nicht schläfrig, dass du's nur weißt…

Wie lang ist das her? Tausend Jahre, ja?
Ich wachte auf in deinem Arm – du hast geschla-
fen –
Und hörte draußen ein Getrappel von Schafen.
Leis stand ich auf und schlich hinüber
Zum Fenster – und während du noch schliefst,
mein Lieber,
Die Schafe dort im Schnee vorbeiziehn ich sah.

Der Schäfer heißt Angst, die Herde – Gedanken
ohne Ruh,
Frierend, verzweifelt, im Kalten; so drangen
Sie ein in mein Herz, gepfercht und gefangen!

A thousand years ... was it yesterday
When we, two children of far away,
Clinging close in the darkness, lay
Sleeping together? ... How tired you were! ...

Tausend Jahr' – war's nicht erst vor zwei Tagen,
Als wir wie Kinder, von fern hergetragen,
Aneinandergeschmiegt in der Dunkelheit lagen
Und schliefen zusammen?... So müde warst du!

KATHERINE MANSFIELD

The Quarrel

Our quarrel seemed a giant thing,
It made the room feel mean and small,
The books, the lamp, the furniture,
The very pictures on the wall—

Crowded upon us as we sat
Pale and terrified, face to face.
»Why do you stay?« she said, »my room
Can never be your resting place.«

»Katinka, ere we part for life,
I pray you walk once more with me.«
So down the dark, familiar road
We paced together, silently.

The sky—it seemed on fire with stars!
I said:—»Katinka dear, look up!«
Like thirsty children, both uf us
Drank from the giant loving cup.

KATHERINE MANSFIELD

Der Streit

Riesig erschien uns unser Streit, er machte
Das ganze Zimmer eng, wollt gar nicht enden,
Verdarb uns Bücher, Lampe, Möbel – alles,
Verdarb sogar die Bilder an den Wänden.

Er schloss uns ein, als wir dort drinnen saßen,
Blass und verstört, einander vis-à-vis.
»Was bleibst du noch, wenn du in meinem
  Zimmer
Ja doch niemals zur Ruhe kommst?«, sprach sie.

»Katinka, eh wir uns fürs Leben trennen,
Geh einmal noch mit mir spazieren, bitte.«
So gingen die vertraute, dunkle Straße
Zusammen wir hinab mit raschem Schritte.

Der Himmel – wie er brennt von all den
  Sternen!
»Katinka, Liebste«, sprach ich: »– schau doch
  mal!«
Da tranken wir wie durstige Kinder beide
Aus diesem riesigen Liebespokal.

»Who were those *dolls*?« Katinka said.
»What were their stupid, vague alarms?«
And suddenly we turned and laughed
And rushed into each other's arms.

Katinka sprach: »Wer waren diese *Puppen*?
Was sollte dieser törichte Alarm?«
Und plötzlich drehten wir uns um und nahmen
Uns lachend endlich wieder in den Arm.

He wrote

Darling Heart if you would make me
Happy, you have found the way.
Write me letters. How they shake me
Thrill me all the common day

With our love. I hear your laughter
Little laughs! I see your look
»They Lived Happy Ever After«
As you close the faery book.

Work's been nothing but a pleasure
Every silly little word
Dancing to some elfin measure
Piped by a small chuckling bird.

All this love—as though I've tasted
Wine too rare for human food—
I have dreamed away and wasted
Just because the news was good.

Where's the pain of counting money
When my little queen is there

Katherine Mansfield

Er hat geschrieben

Liebstes Herz, willst du mich selig
Machen, war's die rechte Form.
Solche Briefe schreib mir täglich,
Gänsehaut krieg ich enorm,

Weil ich drin den Liebsten find.
Hör dich lachen, seh dich – du.
»Und wenn sie nicht gestorben sind...«,
Klappst das Märchenbuch du zu.

Wonne war die Arbeit ganz,
Jedes kleine Wörtchen schwang
Sich zum Elfenlied im Tanz,
Das ein Vöglein kichernd sang.

Ja, ob solcher guten Kunde
Wie beschwipst vor Glück, hab dann
Stunde ich verträumt um Stunde
Und die ganze Zeit vertan.

Wozu Geld noch zählen immer,
Schmaust doch meine Königin

In the parlour eating honey
Beautiful beyond compare!

How I love you! You are better.
Does it matter—being apart?
Oh, the love that's in this letter
Feel it, beating like a heart.

Beating out—»I do adore you«
Now and to Eternity
See me as I stand before you
Happy as you'd have me be.

KATHERINE MANSFIELD

Ankommen

Mir scheint, ich verbringe mein halbes Leben
damit, in fremden Hotels anzukommen –
Und zu fragen, ob ich wohl sofort zu Bett gehen
dürfte.
Und ob Sie bitte so freundlich wären, mir meine
Wärmflasche zu füllen
Danke, das ist wirklich reizend.
Nein, ich benötige nichts weiter –
Die fremde Tür schließt sich hinter der Frem-
den,
Und dann schlüpfe ich unter die Decke,
Warte darauf, dass die Schatten hervorkommen
aus den Ecken
Und langsam, ganz langsam weben ein Netz
Über die hässlichste aller Tapeten.

Loneliness

Now it is Loneliness who comes at night
Instead of Sleep, to sit beside my bed.
Like a tired child I lie and wait her tread,
I watch her softly blowing out the light.
Motionless sitting, neither left or right
She turns, and weary, weary droops her head.
She, too, is old; she, too, has fought the fight.
So, with the laurel she is garlanded.

Through the sad dark the slowly ebbing tide
Breaks on a barren shore, unsatisfied.
A strange wind flows... then silence. I am fain
To turn to Loneliness, to take her hand,
Cling to her, waiting, till the barren land
Fills with the dreadful monotone of rain.

Katherine Mansfield

Einsamkeit

Jetzt ist's die Einsamkeit, die kommt bei Nacht
Anstatt des Schlafs und an mein Bett sich setzt,
Ich, wie ein müdes Kind, lieg lauschend jetzt,
Und schau ihr zu, die leis das Licht ausmacht.
Still sitzt sie, dreht kein einziges Mal sich sacht
Zur Seite, senkt nur matt ihr Haupt zuletzt.
Auch sie ist alt, auch sie schlug ihre Schlacht
Und trägt den Lorbeer nun, ist hoch geschätzt.

Durchs triste Dunkel, mürrisch, doch mit Macht
Ans kahle Ufer eine Woge kracht.
Ein fremder Wind... dann Stille. Unterlegen,
Reich endlich ich der Einsamkeit die Hand,
Halt mich an sie, wart, dass das kahle Land
Mit grausigem Einerlei erfüllt der Regen.

Résumé

Razors pain you;
Rivers are damp;
Acids stain you;
And drugs cause cramp.
Guns aren't lawful;
Nooses give;
Gas smells awful;
You might as well live.

Dorothy Parker

Resümee

Messer, die schmerzen;
Flüsse sind feucht;
Säuren verätzen;
Von Tabletten man keucht.
Pistolen sind hässlich;
Strick kann nachgeben;
Und Gas riecht grässlich;
So bleibt man am Leben.

Dorothy Parker

News item

Men seldom make passes
At girls who wear glasses.

Dorothy Parker

Pressemeldung

Männern wird oft angst und bange,
Sehen sie 'ne Brillenschlange.

Dorothy Parker

General Review of the sex situation

Woman wants monogamy;
Man delights in novelty.
Love is woman's moon and sun;
Man has other forms of fun.
Woman lives but in her lord;
Count to ten, and man is bored.
With this the gist and sum of it,
What earthly good can come of it?

Dorothy Parker

Grundsätzliche Gedanken zum Thema Sex

Die Frau wünscht sich Monogamie;
Beim Mann versiegt die Neugier nie.
Liebe, der Frauen Mond und Sonne;
Männer kennen andre Wonne.
Die Frau kriegt nie genug von ihm;
Er zählt bis zehn, dann langweilt's ihn.
Und wenn es nun so ist auf Erden,
Was soll da Gutes je draus werden?

Experience

Some men break your heart in two,
Some men fawn and flatter,
Some men never look at you;
And that cleans up the matter.

Dorothy Parker

Erfahrung

Manch einer bricht dir das Herz entzwei,
Manch einer schmeichelt dir ewig,
Manchem, dem bist du einerlei,
Und schon ist die Sache erledigt.

Joseph Roth

Lobgedicht auf den Sport

Der Zeitgeist streckt den Bizeps und erfüllt
mit Knock-out und Bauchstoß das Jahrhundert –
wenn jemand ist, der sich darüber wundert,
der las noch nie die Zeitung: Sport im Bild.

Aus ihr erfährt man, wer die Welt bewegt:
Ob Neger Tompson oder Breitensträter –
Gott ist ein kleiner Mühlenaushilfstreter,
vergleicht man ihn mit dem, der Runden schlägt.

Auch Sokrates hält den Vergleich nicht aus –
Und Goethe ist ein kleiner Hund dagegen,
was einer kann, auf dessen Faust der Segen
des Kinnzertrümmerns ruht und des Applaus.

Es schwand schon oft des flüchtigen Ruhmes
 Schein,
von einem, der nur Kunst und Weisheit
 schwitzte –
doch nie von dem, der jemals Blut verspritzte –
Und es zerschellt wie Glas der Weisen Stein
an eines guten Boxers Nasenbein.

Joseph Roth

Praktische Anwendung

Auf philosophischen Fundamenten ruhn Kaser-
nen –
Man kann's von deutschen Professoren lernen,
dass allgemein und generell
Gehorsam nötig ist, um alle schiefen
Persönlichkeitserscheinungen zu strecken,
auf dass sie gerade ausgerichtet,
zu Doppelreihen verdichtet
in Uniformen stecken:
So wird aus kategorischen Imperativen
der kategorisch preußische Appell.

Joseph Roth

Kommentar zu Kant

Wohin ich blicke, starrt mir sehr fatal
und kategorisch hartes Muss entgegen –
auf Warnungstafeln an des Lebens Wegen
malten es Professoren der Moral.

Mich führt die strengste der Philosophien
gefesselt an dem harten Gängelbande
der Sittlichkeit und in dem Zwangsgewande
der gottgewollten Disziplin.

Rechts ein Befehl und links ist ein Verbot,
hinten die Pflicht in Exerziermarschtritten,
zwei Professoren – ich in ihrer Mitten –
und vor mir – sittlich unvermeidlich – harrt der
  Tod.

Und wie sich meine *praktische* Vernunft auch
  wehrt –
die *Reine* schickt mich in die Unterwelten:
Denn philosophisch kann mein Ich nicht gelten,
sobald es, seiend, die Moral versehrt.

Der Galgen wächst abstrakt – und wurzelt
dennoch tief –
und wird von Henkern praktisch angewendet:
So mancher dachte, der an ihm geendet:
Der Galgen, scheint mir, ist ein Imperativ!

Vergeblich heb' ich meine Beterhand
zum Himmel – dort, als sittlich harter Wille,
sitzt Gott und liest durch eine Weisheitsbrille
zweihundert Jahre schon ausschließlich Kant.

On a Play Twice Seen

Here in the figured dark I watch once more;
There with the curtain rolls a year away,
A year of years—There was an idle day
Of ours, when happy endings didn't bore
Our unfermented souls, and rocks held ore:
Your little face beside me, wide-eyed, gay,
Smiled its own repertoire, while the poor play
Reached me as a faint ripple reaches shore.

Yawning and wondering an evening through
I watch alone—and chatterings of course
Spoil the one scene which somehow did have
  charms;
You wept a bit, and I grew sad for you
Right there, where Mr. X defends divorce
And What's-Her-Name falls fainting in his arms.

F. Scott Fitzgerald

Ein zweimal gesehenes Stück

Wieder schau ich in Bilderdunkelheit:
Dort mit dem Vorhang rollt ein Jahr von Jahren
Vorbei – es gab mal eine Zeit, da waren
Unsere ungegornen Seelen noch gefeit
Vor seichten Happyends, Erz war im Stein:
Großäugig lächelnd neben mir, Madame,
Bot dein Gesicht sein eigenes Programm,
Da plätscherte das schlechte Stück vorbei.

Ich gähne, wundre mich und schau allein
Den Abend lang – prompt quatscht wer los, direkt
Bei dieser einzigen Szene, wo bei mir was schwingt.
Wo Mr. X erklärt, er will geschieden sein,
Hast du damals geweint und hast mich angesteckt,
Und wo die Dings in Ohnmacht fällt und sie ihm in die Arme sinkt.

Rain Before Dawn

The dull, faint patter in the drooping hours
Drifts in upon my sleep and fills my hair
With damp; the burden of the heavy air
Is strewn upon me where my tired soul cowers,
Shrinking like some lone queen in empty towers
Dying. Blind with unrest I grow aware:
The pounding of broad wings drifts down the
  stair
And sates me like the heavy scent of flowers.

I lie upon my heart. My eyes like hands
Grip at the soggy pillow. Now the dawn
Tears from her wetted breast the splattered blouse
Of night; lead-eyed and moist she straggles o'er
  the lawn,
Between the curtains brooding stares and stands
Like some drenched swimmer—Death's within
the house!

F. Scott Fitzgerald

Regen vor Tagesanbruch

Gedämpftes Prasseln dringt zur Dämmerstund
In meinen Schlaf, mit Nässe tränkt's mein Haar
Die Luft fällt auf mich, schwer, fast untragbar,
Wo meine müde Seele kauert und
Einer verlassnen Königin gleich sich krümmt
Die stirbt in leeren Türmen. Unrastblind,
Erwach ich, da mit Flügelschlag der Wind
Mir, schwer wie Blumenduft, den Atem nimmt.

Ich lieg auf meinem Herz. Im klammen Kissen
Die Augen krallen, Händen gleich, sich fest.
Die Früh reißt von der feuchten Brust der Nacht
Das nasse Hemd. Bleiäugig und durchnässt
Rennt sie durchs Gras, starrt leer und abgerissen –
Ertrunken. Und der Tod im Hause wacht.

The Staying Up All Night

The warm fire.
The comfortable chairs.
The merry companions.
The stroke of twelve.
The wild suggestion.
The good sports.
The man who hasn't slept for weeks.
The people who have done it before.
The long anecdotes.
The best looking girl yawns.
The forced raillery.
The stroke of one.
The best looking girl goes to bed.
The stroke of two.
The empty pantry.
The lack of firewood.
The second best looking girl goes to bed.
The weather-beaten ones who don't.
The stroke of four.
The dozing off.
The amateur »life of the party«.
The burglar scare.

F. Scott Fitzgerald

Das Die-ganze-Nacht-Durchmachen

Das warme Feuer.
Die bequemen Stühle.
Die fröhliche Runde.
Der Zwölf-Uhr-Schlag.
Der verrückte Vorschlag.
Der Kein-Spielverderber.
Der Mann, der seit Wochen nicht schlafen kann.
Die Leute, die's schon mal getan haben.
Die langen Anekdoten.
Das bestaussehende Mädchen gähnt.
Das forcierte Gestichel.
Der Ein-Uhr-Schlag.
Das bestaussehende Mädchen geht zu Bett.
Der Zwei-Uhr-Schlag.
Die leere Küche.
Das zur Neige gegangene Feuerholz.
Das zweitbestaussehende Mädchen geht zu Bett.
Die Abgehärteten, die aufbleiben.
Der Vier-Uhr-Schlag.
Das Langsam-Wegdämmern.
Die Amateur-Stimmungskanone.
Die Angst vor Einbrechern.

The scornful cat.
The trying to impress the milkman.
The scorn of the milkman.
The lunatic feeling.
The chilly sun.
The stroke of six.
The walk in the garden.
The sneezing.
The early risers.
The volley of wit at you.
The feeble come back.
The tasteless breakfast.
The miserable day.
8 P. M.—Between the sheets.

Die höhnische Katze.
Der Versuch, beim Milchmann Eindruck zu schinden.
Der Spott des Milchmanns.
Das Gefühl, verrückt zu sein.
Die frostige Sonne.
Der Sechs-Uhr-Schlag.
Der Gang in den Garten.
Das Niesen.
Die Frühaufsteher.
Der Hagel von Witzen auf deine Kosten.
Die schwankende Heimkehr.
Das fade Frühstück.
Der vermasselte Tag.
8 Uhr morgens – Und ab in die Falle.

City Dusk

Come out ... out
To this inevitable night of mine
Oh you drinker of new wine,
Here's pageantry ... Here's carnival,
Rich dusk, dim streets and all
The whispering of city night ...

I have closed my book of fading harmonies,
(The shadows fell across me in the park)
And my soul was sad with violins and trees,
And I was sick for dark,
When suddenly it hastened by me, bringing
Thousands of lights, a haunting breeze,
And a night of streets and singing ...

F. Scott Fitzgerald

Großstadtmorgen

Komm hinaus ... hinaus
In diese meine Nacht, die unentrinnbare, hinein,
Du, die du trinkst den neuen Wein,
Hier gibt es einen Umzug ... Hier gibt es Karneval,
Üppiges Morgengrauen, die Straßen düster und all
Das Geraune der Großstadtnacht.

Ich habe zugeklappt mein Buch der verklingenden Harmonien
(Im Park sind die Schatten gefallen auf mich)
Und traurig war meine Seele mit Bäumen und Violinen,
Und krank nach Dunkelheit war ich,
Als sie auf einmal huschte an mir vorbei den Weg entlang
Und brachte Tausende von Lichtern und einen Geisterwind mit sich
Und eine ganze Nacht voll Straßen und Gesang ...

I shall know you by your eager feet
And by your pale, pale hair;
I'll whisper happy incoherent things
While I'm waiting for you there…

All the faces unforgettable in dusk
Will blend to yours,
And the footsteps like a thousand overtures
Will blend to yours,
And there will be more drunkenness than wine
In the softness of your eyes on mine…

Faint violins where lovely ladies dine,
The brushing of skirts, the voices of the night
And all the lure of friendly eyes… Ah there
We'll drift like summer sounds upon the
   summer air…

Erkennen werd ich dich an deinen flinken Füßen –
Und auch an deinem bleichen, bleichen Haar –
und ich
Werd lauter Glückszeug flüstern, ohne Zusammenhang,
Derweil ich warte dort auf dich...

All die Gesichter da, die unvergesslichen, im
Morgengrauen
Verschmelzen mit dem deinen weich,
Und alle Schritte, tausend Ouvertüren gleich
Verschmelzen mit den deinen leicht,
Und es gibt viel mehr Trunkenheit als Wein,
Schaut meines in dein sanftes Aug hinein...

Leis spielen Violinen, wo Damen speisen, liebreizend und fein,
Das Rascheln von Röcken, die Stimmen der
Nacht
Und all das Verlocken von freundlichen
Blicken... Und ich
Lasse mit dir auf sommerlichen Lüften, gleich
sommerlichen Weisen, treiben mich...

Lamp in a Window

Do you remember, before keys turned in the
  locks,
When life was a closeup, and not an occasional
  letter,
That I hated to swim naked from the rocks
  While you liked absolutely nothing better?

Do you remember many hotel bureaus that had
Only three drawers? But the only bother
Was that each of us got holy, then got mad
Trying to give the third one to the other.

East, west, the little car turned, often wrong
Up an erroneous Alp, an unmapped Savoy river.

F. Scott Fitzgerald

Ein Licht im Fenster

Kannst du dich noch erinnern, bevor es Klick
gemacht hat und die Tür war zu,
Als noch das Leben eine Nahaufnahme war, nicht
ein paar Briefe hin und wieder nur,
Wie ich's gehasst hab, nackt zu schwimmen vor
den Klippen, aber du
Hast grade das so absolut geliebt und wolltest es
in einer Tour.

Kannst du dich noch erinnern, dass die Hotel-
schreibtische fast immer
Nur drei Schubfächer hatten? Das Dumme war
bloß, jeder wollt jeden
– erst höflich-heilig, dann aber mit Brüllen oder
noch schlimmer – ,
Das dritte Fach für sich zu nehmen über-
reden.

Ostwärts und westwärts fuhr der kleine Wagen,
oft verkehrt,
Den falschen Berg hoch, in Savoyen einen Fluss
entlang, der in keiner Karte stand,

We blamed each other, wild were our words and
  strong,
And, in an hour, laughed and called it liver.

And, though the end was desolate and unkind:
To turn the calendar at June and find December
On the next leaf; still, stupid-got with grief,
  I find
These are the only quarrels that I can remember.

Und jeder gab dem andern die Schuld, und unsre
Worte waren stark und unerhört,
Und eine Stunde später lachten wir und sagten:
»Schmant!«

Der Schluss war dann zwar desolat und unschön:
Fast so, als blättert man
Im Juni den Kalender um und findet auf dem
nächsten Blatt
Dezember schon. Und doch, in meiner Kummer-
dummheit kann
Ich mich gar nicht erinnern, dass es noch irgend-
welchen andern Streit gegeben hat.

Friedrich Glauser

Unregelmäßiges Sonett

Von Unterlassungssünde klagen nun die leeren Tage,
Die gelbe Sterbestunde schreitet auf der nahen Leiter
Und nächtlich tönen schwere Bäume; doch der schwarze Reiter
Riet mir (war's nicht die goldne Schlange?) Leid zu tragen.

Gelbgrünes Licht umdunkelt schattig schweres Auge,
Dein Blumenkleid trägt Staub und welk ward seine Weiße …
Wen soll ich in der Fülle fragen, wie zuletzt ich heiße,
Wann wird das *Licht* entfliehen der verfaulten Lauge?

Wir beten zu entsetzten Leichen, doch die Dämmerung
Verlässt den leeren Himmel, gleitet sanft hernieder:

ein purpurdunkles Wort legt Schlaf auf starre
Lider.

Ihr Schleier deckt erloschne Sonne in der Niede-
rung.
Die Hoffnung wächst, ist nicht mehr Neid. Und
endlich wieder
Reckt bleiche Statue aus Tanagra marmorne
Glieder.

Friedrich Glauser

Liebeslied

Mit den Blättern der Kastanie winkst du Trost
und deine Stimme singt im Schlag der Turm-
uhren.
Das leise Plätschern der dumpfen Stimmen
ist dein Gesang.
Wer erfand Worte und Treue?
Fern träumst du mit mir
helle Träume der Zukunft
und schmiedest die Gitter des Fensters
zu silbernen Wunderstäben.
Leuchtend zieht durch den Himmel
goldnes Leuchten deiner Haare
und trostreich strömt zu mir
Duft und sichere Nähe
gütiger Hände.

Friedrich Glauser

Sommer

für Paul Schranz

Der Berg ist schläfrig von dem langen Sonnen-
bad
Und niemand hat die Wolkenherde auf den
Sommerhimmel hingetrieben;
Sie war zu müd, und schläft hinter den sieben
Horizonten. Auf der weißen Straße trommelt
fern ein Rad.

Jetzt summt ein Mückenschwarm den Nacht-
choral,
Ein kleiner Wind ist aufgewacht und läuft durchs
Tal
Schüttelt die Linde, die vergessen hat, Parfum zu
kaufen;
Dann spielen seine Kinderhände mit Kartoffel-
stauden
Und zerren an dem weißen Bart von einem Baum.
Der aber scheint zu lächeln, wie ein guter, alter
Herr im Traum.

Did I know love once? Was it love or grief,
This grave body by where I had lain,
And my heart, a single stubborn leaf
That will not die, though root and branch be
  slain?

Though warm in dark between the breasts of
  Death,
That other breast forgot where I did lie,
And from the tree are stripped the leaves of
  breath,
There's still one stubborn leaf that will not die

But restless in the sad and bitter earth,
Gains with each dawn a death, with dusk a birth.

Kannt ich die Liebe einst? War's Liebe, war es
Gram,
Der schlichte Leib, bei dem dereinst ich lag,
– Mein Herz ein einsam sprödes Blatt, voll
Scham,
Zu sterben, wenn auch Ast und Wurzel brach?

Wenn auch, gebettet an des Todes Brust,
Die andere Brust vergaß, wo einst ich lag,
Und von dem Baume fiel der Blätter Blust
– *Ein* sprödes Blatt bleibt, das nicht sterben mag,

Das, rastlos in der bittren Erd, wenn's stirbt,
Bei jedem Frührot Tod, abends Geburt erwirbt.

Portrait

Lift your hand between us, dimly raise your face,
And draw the opaque curtains from your eyes.
Let us walk here, softly checked with shadow
And talk of careful trivialities.

Let us lightly speak at random: tonight's movie,
Repeat a broken conversation word for word;
Of friends, and happiness. The darkness falters
While we hear again a music both have heard

Singing blood to blood between our palms.
Come, raise your face, your tiny scrap of mouth

William Faulkner

Porträt

Zwischen uns erheb die Hand, auf richte dein Gesicht, das blasse,
Und ziehe weg den undurchsichtigen Vorhang vor deinen Augen.
Hier lass flanieren uns, von Schatten sanft umstellt,
Von achtsamen Banalitäten lass uns reden.

Reden leichthin, aufs Geratewohl: der Film heut Abend,
Eine abgebrochene Unterhaltung wiederholen Wort für Wort,
Von Freunden und von Glück. Das Dunkel schwankt,
Indes wir nochmals hören, wie eine Weise, die zwei gehört,

Singt zwischen unseren Händen von Blut zu Blut.
Komm doch, auf richte dein Gesicht, dein kleines Fetzchen Mund

ERNEST HEMINGWAY

Chapter Heading

For we have thought the longer thoughts
  And gone the shorter way.
And we have danced to devils' tunes,
  Shivering home to pray;
To serve one master in the night,
  Another in the day.

Ernest Hemingway

Motto für ein Kapitel

Denn wir haben die schweren Gedanken gedacht
   Und haben's uns leichtgemacht.
Wir haben nach des Teufels Pfeife getanzt,
   Schaudernd und betend gewacht.
So dienten wir einem Meister bei Tag
   Dem anderen bei Nacht.

All armies are the same
Publicity is fame
Artillery makes the same old noise
Valor is an attribute of boys
Old soldiers all have tired eyes
All soldiers hear the same old lies
Dead bodies always have drawn flies

Ernest Hemingway

Eine Armee der anderen gleicht
Ruhm wird durch Reklame erreicht
Artillerie wie immer laut lärmt
Der junge Soldat für Heldentum schwärmt
Alte Soldaten sind müde und schleichen
Sie hören nur Lügen, immer die gleichen
Fliegen setzen sich gern auf Leichen

And everything the author knows
He shows and shows and shows and shows
His underclothes
Are more important than the sun.
A work begun
Means many buttons more undone
The author's wife or wives
Gives me the hife or hives
Some authors write about the poor
Describe the workings of a sewer
Narrate the contents of a drain
All authors give each other pain
Another author writes of riches
His characters all sons of bitches
His women prey to fancy itches
For one another or their brother
Another author loves his mother
Some authors write of happy things
And make much money to drink
themselves to death with and forget
their troubles by inhaling gaseous
champagne bubbles.

Und alles, was der Autor weiß,
Das gibt er preis, das gibt er preis
Sein Unterzeug ist, wie man weiß
Viel wichtiger als alle Sonnen.
Ein Werk begonnen
Heißt noch mehr zeigen unbesonnen.
Die Frau des Autors, seine Frauen
Kann ich nur noch mit Schauder schauen.
Über die Armen schreibt manch ein Autor
Schildert, was in der Kloake vergor
Berichtet, was durch die Kanäle fließt.
Ein jeder Autor den andern verdrießt.
Ein Autor beschreibt der Reichen Verhalten
Nur Scheißkerle sind alle seine Gestalten,
Wie Verrückte sich seine Frauen verhalten,
Sie leiden an sich oder an ihrem Bruder
Ein anderer Autor liebt seine Mutter
Einige schreiben, was so gefällt
Und verdienen auf diese Weise viel Geld
Saufen zu Tod sich damit und vergessen
wenn der Champagner perlt, alle Sorgen der
Welt.

Some authors think the things they
write are of importance little
knowing
But ever flowing.

Manche Autoren glauben, was sie auch schreiben,
es sei von Bedeutung, wie gering auch ihr
Wissen
Es reicht zu immer neuen Ergüssen.

An Evening of Russian Poetry

»... seems to be the best train.
Miss Ethal Winter of the Department of English
will meet you at the station and ...«

From a letter adressed to the visiting speaker

The subject chosen for tonight's discussion
is everywhere, though often incomplete:
when their basaltic banks become too steep,
most rivers use a kind of rapid Russian,
and so do children talking in their sleep.
My little helper at the magic lantern,
insert that slide and let the colored beam
project my name or any such-like phantom
in Slavic characters upon the screen.
The other way, the other way. I thank you.

Vladimir Nabokov

Ein russischer Lyrikabend

»... ist wohl der beste Zug.
Miss Ethel Winter von der Englisch-Abteilung
wird Sie vom Bahnhof abholen und ...«

Aus einem Brief an den Gastredner

Der Gegenstand der Diskussion heut Abend
ist allerorts, doch häufig unvollständig:
Wird ihnen ihr Basaltufer zu steil,
verfallen die meisten Flüsse in ein schnelles
Russisch,
und Kinder tun es auch, wenn sie im Schlafe
reden.
Dort an der magischen Laterne, die junge
Helferin!
Schieb nur das Dia ein und lass den Farbenstrahl
des Redners Namen oder ein ihm ähnliches
Phantom
in Slawenlettern auf die Leinwand werfen.
Andersherum, andersherum. Hab Dank.

On mellow hills the Greek, as you remember,
fashioned his alphabet from cranes in flight;
his arrows crossed the sunset, then the night.
Our simple skyline and a taste for timber,
the influence of hives and conifers,
reshaped the arrows and the borrowed birds.
Yes, Silvia?

»Why do you speak of words
when all we want is knowledge nicely browned?«

Because all hangs together—shape and sound,
heather and honey, vessel and content.
Not only rainbows—every line is bent,
and skulls and seeds and all good worlds are
round,
like Russian verse, like our colossal vowels:
those painted eggs, those glossy pitcher flowers
that swallow whole a golden bumblebee,

Auf sanften Hügeln bildete der Grieche, wie ihr
wisst,
sein Alphabet dem Flug des Kranichs nach,
den Sonnenuntergang durchquerten seine Pfeile,
dann die Nacht.
Unsre sehr simplen Horizonte und eine Vorliebe
für Holz,
der Einfluss auch von Bienenstöcken und von
Nadelbäumen
gestalteten die Pfeile und entliehnen Vögel um.
Ja, Sylvia?

»Warum sprechen Sie von Wörtern,
wenn wir doch allein hübsch angebräuntes Wissen
wollen?«

Weil alles aneinander hängt – Gestalt und Klang,
Heide und Honig, Inhalt und Gefäß.
Nicht Regenbögen nur – ein jeder Vers ist
krumm,
und rund sind Schädel, Samenkörner, alle guten
Welten,
ganz so wie russische Gedichte, unsere Kolosse
von Vokalen:
bemalte Eier, Blumen, die auf Krügen glänzen
und eine goldne Hummel mitsamt Haut und
Haar verschlingen,

those shells that hold a thimble and the sea.
Next question.

»Is your prosody like ours?«

Well, Emmy, our pentameter may seem
to foreign ears as if it could not rouse
the limp iambus from its pyrrhic dream.
But close your eyes and listen to the line.
The melody unwinds; the middle word
is marvelously long and serpentine:
you hear one beat, but you have also heard
the shadow of another, then the third
touches the gong, and then the fourth one sighs.

It makes a very fascinating noise:
it opens slowly, like a greyish rose
in pedagogic films of long ago.

The rhyme is the line's birthday, as you know,
and there are certain customary twins
in Russian as in other tongues. For instance,
love automatically rhymes with blood,
nature with liberty, sadness with distance,

Muscheln, die einen Fingerhut enthalten und das
Meer.
Die nächste Frage.

»Ist Ihr Versmaß wie bei uns?«

Nun, Emmy, auf Ausländerohren könnte
unser Pentameter so wirken, als erweckt' er nie
aus dem Pyrrhichiustraum den schlaffen Jambus.
Doch schließe nur die Augen, höre dir die Zeile an.
Die Melodie entfaltet sich; das Wort dort in der
Mitte
ist herrlich lang und serpentinenhaft:
Du hörst den einen Takt, doch hast du auch
den Schatten eines anderen gehört, dann schlägt
den Gong der dritte an, dann seufzt der vierte.

Es ist ein faszinierendes Geräusch:
öffnet sich langsam, wie eine ziemlich graue Rose
in Lehrfilmen von anno dazumal.

Der Reim ist der Geburtstag einer Zeile, wie ihr
wisst,
und so wie andre Sprachen hat die russische
gewisse
althergebrachte Zwillinge. Zum Beispiel
reimt Liebe automatisch sich auf Blut,
Natur auf Freiheit, Traurigkeit auf Ferne,

humane with everlasting, prince with mud,
moon with a multitude of words, but sun
and song and wind and life and death with none.

Beyond the seas where I have lost a scepter,
I hear the neighing of my dappled nouns,
soft participles coming down the steps,
treading on leaves, trailing their rustling gowns,
and liquid verbs in *ahla* and in *ili*,
Aonian grottoes, nights in the Altai,
black pools of sound with »l«s for water lilies.
The empty glass I touched is tinkling still,
but now 'tis covered by a hand and dies.

»Trees? Animals? Your favourite precious stone?«

The birch tree, Cynthia, the fir tree, Joan.
Like a small caterpillar on its thread,
my heart keeps dangling from a leaf long dead
but hanging still, and still I see the slender
white birch that stands on tiptoe in the wind,
and firs beginning where the garden ends,
the evening ember glowing through their cinders.

menschlich auf ewig, Fürst auf Schlamm,
der Mond auf einen ganzen Wörterschwarm,
doch Sonne
und Lied und Wind, Leben und Tod auf nichts.

Jenseits des Meers, dort wo ein Szepter ich dereinst verlor,
hör ich das Wiehern meiner Hauptwortschecken,
es kommen sanfte Partizipien die Trepp herab,
schreiten auf Laub, nachschleifen raschelnde Gewänder,
wässrige Verben auf *-ahla* und *-ili*,
Böotiens Grotten, Nächte im Altai,
Klangteiche schwarz mit »l«s statt Wasserlilien.
Das angetippte leere Glas, es klingt noch immer,
doch jetzt ruht meine Hand drauf, und es stirbt.

»Bäume? Und Tiere? Ihr Lieblingsedelstein?«

Die Birke, Cynthia, die Tanne, Joan.
Wie eine kleine Raupe an ihrem Faden hängt,
baumelt mein Herz an einem längst schon welken Blatt,
doch hängt's noch fest, und noch seh ich die schlanke
Birke weiß im Wind auf Zehenspitzen stehen,
und wo der Garten endet, fangen Tannen an,
durch ihre Schlacke leuchtet Abendglut.

Among the animals that haunt our verse,
that bird of bards, regale of night, comes first:
scores of locutions mimicking its throat
render its every whistling, bubbling, bursting,
flutelike or cuckoolike or ghostlike note.
But lapidary epithets are few;
we do not deal in universal rubies.
The angle and the glitter are subdued;
our riches lie concealed. We never liked
the jeweler's window in the rainy night.

My back is Argus-eyed. I live in danger.
False shadows turn to track me as I pass
and, wearing beards, disguised as secret agents,
creep in to blot the freshly written page
and read the blotter in the looking glass.

Unter den Tieren, die in unsrer Dichtung umgehn,
steht obenan der Barden Vogel, Trost der Nacht:
Dutzende von Redensarten tun's seiner Kehle nach
und geben jedes Pfeifen, Kollern, Sprudeln,
jedwede flöten-, kuckuck-, geisterhafte Note wieder.
Doch lapidare Beiwörter gibt es nur wenig;
wir handeln nicht mit Allerweltsrubinen.
Facetten und Geglitzer sind gedämpft;
versteckt liegt unser Schatz. Noch niemals mochten wir
das Schaufenster des Juweliers in einer Regennacht.

Ich habe hinten Argusaugen. Schwebe in Gefahr.
Trugschatten drehn sich nach mir um und folgen mir,
schleichen sich bei mir ein, mit Bart, verkleidet als Geheimagenten,
pressen den Löscher auf die frisch geschriebene Seite,
lesen im Spiegel dann das Löschpapier.

And in the dark, under my bedroom window,
until, with a chill whirr and shiver, day
presses its starter, warily they linger
or silently approach the door and ring
the bell of memory and run away.

Let me allude, before the spell is broken,
to Pushkin, rocking in his coach on long
and lonely roads: be dozed, then he awoke,
undid the collar of his traveling cloak,
and yawned, and listened to the driver's song.
Amorphous sallow bushes called *rakeety,*
enormous clouds above an endless plain,
songline and skyline endlessly repeated,
the smell of grass and leather in the rain.
And then the sob, the syncope (Nekrasov!),
the panting syllables that climb and climb,
obsessively repetitive and rasping,
dearer to some than any other rhyme.

Und unterm Fenster meines Schlafzimmers stehn
sie
im Dunkeln voller Argwohn, bis die Tagesfrühe
die Zündung presst mit frost'gem Surren und
Schaudern,
und schweigend kommen sie zur Tür und drücken
die Klingel der Erinnerung und laufen fort.

Lasst mich, bevor der Bann gebrochen ist,
Puškins Erwähnung tun, wie er auf langen
leeren Straßen
in seiner Kutsche schaukelt: Dösend bald, bald
wach,
knöpft' er den Kragen seines Reisemantels auf,
gähnte und lauschte dem Gesang des Kutschers.
Formlose fahle Büsche, die *rakity* heißen,
gewalt'ge Wolken über endlos ebenem Land,
Liedvers und Horizontsilhouette endlos wieder-
holt,
Geruch von Gras und Leder unterm Regen.
Und dann der Schluchzer, die Synkope
(Nekrassow!),
die Silben keuchend, höher, immer höher
steigend,
besessen wiederholt und schmerzhaft krächzend,
manch einem lieber als jeder andre Reim.

And lovers meeting in a tangled garden,
dreaming of mankind, of untrammeled life,
mingling their longings in the moonlit garden,
where trees and hearts are larger than in life.
This passion for expansion you may follow
throughout our poetry. We want the mole
to be a lynx or turn into a swallow
by some sublime mutation of the soul.
But to unneeded symbols consecrated,
escorted by a vaguely infantile
path for bare feet, our roads were always fated
to lead into the silence of exile.

Had I more time tonight I would unfold
the whole amazing story—*neighukltúzhe,*
nevynossímo—but I have to go.

What did I say under my breath? I spoke
to a blind songbird hidden in a hat,
safe from my thumbs and from the eggs I broke
into the gibus brimming with their yolk.

Und Liebende in einem Urwaldgarten,
die von der Menschheit träumen, vom befreiten Leben,
vermengen ihre Sehnsucht in dem mondbeschienenen Garten,
wo Bäume, Herzen größer als im Leben sind.
Die Leidenschaft für Ausdehnung könnt ihr in unsrer ganzen
Dichtung verfolgen. Der Maulwurf soll ein Luchs sein
oder durch feine Seelenmutation zur Schwalbe werden.
Geweiht jedoch unnötigen Symbolen,
begleitet auch von einem vage infantilen
Pfad für bloße Füße, warn unsere Wege allezeit verdammt,
ins Schweigen des Exils zu führen.

Hätt ich heut Abend länger Zeit, so legt ich dar
die ganze so erstaunliche Geschichte – *nehuk-lúshe,*
newynossímo –, doch ich muss jetzt gehn.

Was flüsterte ich da leise? Nun, ich sprach
zu einem blinden Singvogel, in einem Hut versteckt,
sicher vor meinen Daumen und den Eiern,
die ich in den Zylinder schlug randvoll mit Dotter.

And now I must remind you in conclusion,
that I am followed everywhere and that
space is collapsible, although the bounty
of memory is often incomplete:
once in a dusty place in Mora county
(half town, half desert, dump mound and
  mesquite)
and once in West Virginia (a muddy
red road between an orchard and a veil
of tepid rain) it came, that sudden shudder,
a Russian something that I could inhale
but could not see. Some rapid words were
  uttered—
and then the child slept on, the door was shut.

The conjurer collects his poor belongings—
the colored handkerchief, the magic rope,
the double-bottomed rhymes, the cage, the song.
You tell him of the passes you detected.
The mystery remains intact. The check
comes forward in its smiling envelope.

»How would you say ›delightful talk‹ in Russian?«
»How would you say ›good night‹?«

Und jetzt zum Schluss muss ich euch dran erinnern,
dass man mich überall verfolgt und dass
der Raum zusammenfallen kann, obwohl die Großmut
des Gedächtnisses oft unvollständig bleibt:
Einmal an einem staub'gen Ort im County Mora
(halb Stadt, halb Wüste, Müllhalde, Büffelgras)
und einmal auch in West Virginia (ein roter
Schlammweg, hier ein Obstgarten, drüben ein Schleier
lauwarmen Regens) kam er jäh, der Schauer, ein
russisches Etwas, das ich atmen konnte,
doch sehen nicht. Gesprochen wurden ein paar schnelle Worte –
dann schlief das Kind schon wieder, und die Tür fiel zu.

Der Magier packt seine sieben Sachen –
das bunte Taschentuch, das Zauberseil,
die doppelböd'gen Reime, Käfig, Lied.
Ihr sagt ihm, welchen Tricks ihr auf die Spur gekommen seid.
Doch das Geheimnis bleibt. Der Scheck wird mir
in seinem lächelnden Kuvert gereicht.

»Was heißt ›reizender Vortrag‹ auf russisch?«
»Wie sagt man ›gute Nacht‹?«

Oh, that would be:

Bessónnitza, tvoy yzor oonýl i stráshen;
lubóv moyá, otstóopnika prostée.
(Insomnia, your stare is dull and ashen,
my love, forgive me this apostasy.)

Das hieße so:

Bessónniza, twoj wsor unyl i stráschen
lubów mojá, otstúpnika prostí.
(Insomnia, du starrest stumpf und aschen,
verzeih mir, Liebste, die Apostasie.)

Frank O'Connor

I Shall Not Die

I shall not die because of you,
O woman, though you shame the swan;
They were foolish men you killed;
Do not think me a foolish man.

Why should I leave the world behind
For the soft hand, the dreaming eye,
The scarlet mouth, the breasts of snow,
Is it for these you'd have me die?

The joyous air, the fancy free,
The slender palm, the eye of blue,
The side like foam, the virgin neck?
I shall not die because of you.

The devil take the golden hair!
The maiden thought, the voice so gay,
The rounded heel, the pillared calf
Only some foolish man would slay.

Frank O'Connor

Ich sterbe nicht um deinetwillen

Ich sterbe nicht um deinetwillen,
O Weib, liebreizend wie der Schwan.
Die dir erlagen, waren Narren;
Mich narrst du nicht, ich bin ein Mann.

Soll ich etwa die Welt verlassen
Für zarte Händ', verträumte Augen?
Für roten Mund, schneeweiße Brüste
Soll ich nur mehr zum Sterben taugen?

Dein freier Geist, die frohe Miene,
Die Augen blau, die Hände fein,
Der Schwanenhals, die schmalen Hüften –
Um deinetwillen sterben? Nein.

Der Teufel hol dein goldnes Haar!
Die keusche Stirn, die weiche Stimme
Die glatte Wade, runde Ferse –
Für all dies stirbt doch nur ein Narr.

O woman, though you shame the swan,
A wise man taught me all he knew,
I know the subtleties of love,
I shall not die because of you.

O Weib, liebreizend wie der Schwan,
Ein Weiser lehrte mich Verzicht;
Ich kenne wohl der Liebe Tücken,
Um deinetwillen sterb ich nicht.

George Orwell

Our Minds Are Married, But We Are Too Young

Our minds are married, but we are too young
  For wedlock by the customs of this age
  When parent homes pen each in separate cage
And only supper-earning songs are sung.

Times past, when medieval woods were green,
  Babes were betrothed, and that betrothal brief.
  Remember Romeo in love and grief—
Those star-crossed lovers—Juliet was fourteen.

Times past, the caveman by his new-found fire
  Rested beside his mate in woodsmoke's scent.
  By our own fireside we shall rest content
Fifty years hence keep troth with hearts desire.

We shall remember, when our hair is white,
These clouded days revealed in radiant light.

George Orwell

Im Geist ein Paar, doch zu jung für die Ehe

Im Geist ein Paar, doch zu jung für die Ehe,
  So ist der schnöde Brauch der heutgen Zeit,
  Wo nichts den Eltern gilt als Nützlichkeit
Und Broterwerb an Glückes Stelle stehe.

Als einst in Blüte stand die Ritterzeit,
  Verlobten sich blutjunge Kinder gar,
  Bedenk, grad vierzehn Jahre Julia war,
Und Romeos Lieb, so kurz, war Seligkeit.

Der Höhlenmensch, als frisch er fand das Feuer,
  Sich freut' an Duft und Schein mit der
    Gefährtin,
  Und wir dereinst in fünfzig Jahren werden
Am eignen Herd noch sein einander teuer,

Und denken, zweisam, wenn längst weiß das
  Haar
An Tage gern zurück, so strahlend klar.

The Pagan

So here are you, and here am I,
   Where we may thank our gods to be;
Above the earth, beneath the sky,
   Naked souls alive and free.
The autumn wind goes rustling by
   And stirs the stubble at our feet;
      Out of the west it whispering blows,
      Stops to caress and onward goes,
   Bringing its earthy odours sweet.
See with what pride the setting sun
   Kinglike in gold and purple dies,
And like a robe of rainbow spun
Tinges the earth with shades divine.
   That mystic light is in your eyes
And ever in your heart will shine.

GEORGE ORWELL

Heidnisch

Hier stehn wir also, du und ich,
  Den Göttern Dank, dass hier wir sind,
Auf festem Grund, im hellen Licht,
  Die Seele nackt und frei. Der Wind
Des Herbstes raschelt kühl und frisch,
  Er spielt im Gras zu unsren Füßen,
    Er flüstert uns von Westen zu,
    Umschmeichelt erst, dann fort im Nu
  Umweht er uns mit Erdensüßen.
Sieh, wie die stolze Abendsonne
  In Gold und Purpur untergeht,
Ein Tuch von Götterhand gesponnen
Über die ganze Erde breitet.
  Dies Licht in deinen Augen steht,
Auf dass dein Herz sich ewig weitet.

George Orwell

The Lesser Evil

Empty as death and slow as pain
The days went by on leaden feet;
And parson's week had come again
As I walked down the little street.

Without, the weary doves were calling,
The sun burned on the banks of mud;
Within, old maids were caterwauling
A dismal tale of thorns and blood.

I thought of all the church bells ringing
In towns that Christian folks were in;
I heard the godly maidens singing;
I turned into the house of sin.

The house of sin was dark and mean,
With dying flowers round the door;
They spat their betel juice between
The rotten bamboos of the floor.

George Orwell

Das kleinere Übel

Öd wie der Tod und zäh wie Schmerz
Die Tage krochen bleiern hin,
Von neuem zog ins Land der Herbst
Als ich durch jene Gasse ging.

Die Tauben draußen müde gurrten,
Die Sonne dörrt' die Erde aus,
Ich hört' das Keifen alter Jungfern
Von Blut und Dornen, drin im Haus.

Ich dachte an den Klang der Glocken,
Da wo die Christenkirchen sind;
Doch trotz der Weiber fromm' Frohlocken
Ging ich zum Haus des Lasters hin.

Das Haus der Sünde war sehr schäbig,
Die Blumen hingen welk und schlaff,
Die Bambusdielen morsch und fleckig
Von ausgespienem Betelsaft.

Why did I come, the woman cried,
so seldom to her beds of ease?
When I was not, her spirit died,
And would I give her ten rupees.

The weeks went by, and many a day
That black-haired woman did implore
Me as I hurried on my way
To come more often than before.

The days went by like dead leaves falling
And parson's week came round again.
Once more devout old maids were bawling
Their ugly rhymes of death and pain.

The woman waited for me there
As down the little street I trod;
And musing upon her oily hair,
I turned into the house of God.

Dort fragt die Frau mich unter Tränen,
Warum ich sie so oft verprellt,
Sie bat, ich sollt sie nicht verschmähen,
Und ob ich hätt ein wenig Geld.

So gingen viele Wochen hin,
Die schwarze Frau, sie fleht' mich an,
Weil ich so eilig von ihr ging;
Sie wollte, dass ich öfter kam.

Die Zeit verging wie Blätter fallen,
Wenn Winter in die Lande zieht;
Noch immer keiften drin die Alten
Von Tod und Schmerz ihr Jammerlied.

Die Frau saß dort im Haus der Sünde,
Ihr strähn'ges Haar sah grässlich aus;
Ich dacht' an sie und lenkt' geschwinde
Die Schritte hin zu Gottes Haus.

GEORGE ORWELL

Poem About Prostitution

When I was young and had no sense
In far-off Mandalay
I lost my heart to a Burmese girl
As lovely as the day.

Her skin was gold, her hair was jet,
Her teeth were ivory;
I said, »for twenty silver pieces,
Maiden, sleep with me«.

She looked at me, so pure, so sad,
The loveliest thing alive,
And in her lisping, virgin voice,
Stood out for twenty-five.

George Orwell

Gedicht über die Prostitution

Als ich noch jung und töricht war,
Im fernen Mandalay,
Umgarnte mich ein Mädchen da –
Mein Herz war gleich entzwei.

Wie Gold die Haut, so schwarz das Haar,
Die Zähne wie Elfenbein;
Ich sprach: »Für zwanzig Shilling bar,
Willst du die meine sein?«

Sie sah mich an, so rein, so traurig,
Nie lieblicher ich es je sah,
Und haucht so leise und so traulich –
»Fünf mehr, und ich sag ja.«

Samuel Beckett

Dieppe

encore le dernier reflux
le galet mort
le demi-tour puis les pas
vers les vieilles lumières

Samuel Beckett

Dieppe

und wieder das letzte Verebben
das tote Geschiebe
die Umkehr und dann die Schritte
nach den alten Lichtern

Arènes de Lutèce

De là où nous sommes assis plus haut que les
 gradins
je nous vois entrer du côté de la Rue des Arènes,
hésiter, regarder en l'air, puis pesamment
venir vers nous à travers le sable sombre,
de plus en plus laids, aussi laids que les autres,
mais muets. Un petit chien vert
entre en courant du côté de la Rue Monge,
elle s'arrête, elle le suit des yeux,
il traverse l'arène, il disparait
derrière le socle du savant Gabriel de Mortillet.
Elle se retourne, je suis parti, je gravis seul
les marches rustiques, je touche de ma main
 gauche
la rampe rustique, elle est en béton. Elle hésite,
fait un pas vers la sortie de la Rue Monge,
 puis me suit.

SAMUEL BECKETT

Arènes de Lutèce

Von da wo wir sitzen über den Rängen
sehe ich uns von der Rue des Arènes her eintreten,
zögern, in die Luft schauen, dann mit bleiernen Schritten
auf uns zukommen über den dunklen Sand,
immer hässlicher, ebenso hässlich wie die anderen,
aber stumm. Ein kleiner grüner Hund
kommt von der Rue Monge hereingelaufen,
sie bleibt stehen, schaut ihm nach,
er durchquert die Arena, er verschwindet
hinterm Sockel des Gelehrten Gabriel de Mortillet.
Sie dreht sich um, ich bin weg, ich erklettere allein
die holzähnlichen Stufen, ich berühre mit der linken Hand
das holzähnliche Geländer, es ist aus Beton. Sie zögert,
geht einen Schritt auf den Ausgang Rue Monge zu, dann folgt sie mir.

J'ai un frisson, c'est moi qui me rejoins,
c'est avec d'autres yeux que maintenant je regarde
le sable, les flaques d'eau sous la bruine,
une petite fille traînant derrière elle un cerceau,
un couple, qui sait des amoureux, la main dans la main,
les gradins vides, les hautes maisons, le ciel
qui nous éclaire trop tard.
Je me retourne, je suis étonné
de trouver là son triste visage.

Es überläuft mich ein Schauer ich bin's, der in
mich zurückkehrt,
und mit anderen Augen betrachte ich jetzt
den Sand, die Wasserlachen unterm Staubregen,
ein kleines Mädchen, das einen Reifen hinter
sich herzieht,
ein Paar, vielleicht Liebende, Hand in Hand,
die leeren Ränge, die hohen Häuser, den Himmel,
der uns zu spät leuchtet.
Ich dreh mich um, ich bin erstaunt,
da ihr trauriges Gesicht zu gewahren.

je voudrais que mon amour meure
qu'il pleure sur le cimetière
et les ruelles où je vais
pleurant celle qui crut m'aimer

Samuel Beckett

ich möchte dass meine Liebe stürbe
dass es regnet auf den Friedhof
und in die Gassen wo ich gehe
jene beweinend die mich zu lieben glaubte

For the Love of Dying

The tortures of hell are stern, their fires burn
fiercely.
Yet vultures turn against the air more beautifully
than seagulls float downwind in cool sunlight,
or fans in asylums spin a loom of fate
for hope which never ventured up so high
as life's deception, astride the vulture's flight.
If death can fly, just for the love of flying,
What might not life do, for the love of dying?

MALCOLM LOWRY

Aus Liebe zum Sterben

Die Foltern der Hölle sind grausam, grimmig
brennt ihr Feuer.
Doch schöner drehen sich gegen den Wind die
Geier
als Möwen im Luftfall durch kühles Sonnen-
licht schweben
oder Fächer in Asylen einen Schicksalsfaden
weben
für eine Hoffnung, die sich nie so hoch hinaus-
wagte
wie, rittlings auf dem Geierflug, des Lebens
Betrug.
Wenn Tod fliegen kann, allein aus Liebe zum
Fliegen,
was könnte das Leben nicht alles tun, aus Liebe
zum Sterben?

Malcolm Lowry

After Publication of ›Under the Volcano‹

Success is like some horrible disaster
Worse than your house burning, the sounds of ruination
As the roof tree falls following each other faster
While you stand, the helpless witness of your damnation.

Fame like a drunkard consumes the house of the soul
Exposing that you have worked for only this –
Ah, that I had never suffered this treacherous kiss
And had been left in darkness forever to founder and fail.

MALCOLM LOWRY

Nach der Veröffentlichung von ›Unter dem Vulkan‹

Erfolg kommt einem schrecklichen Unglück
 gleich,
schlimmer als dein Haus in Flammen, wenn der
 Dachbalken
stürzt und immer schneller die Geräusche der
 Verwüstung aufeinander folgen,
und du dabei stehst, hilfloser Zeuge deiner Ver-
 dammung.

Der Ruhm, dieser Säufer, brennt die Wohnungen
 der Seele nieder,
für ihn allein hast du geschuftet, jetzt wird es
 klar –
ach, hätte ich deinen falschen Kuss nur ausge-
 schlagen
und wäre für immer im Dunkel gelassen, zu
 sinken und zu scheitern.

Delirium in Vera Cruz

Where has tenderness gone, he asked the mirror
Of the Biltmore Hotel, cuarto 216. Alas,
Can its reflection lean against the glass
Too, wondering where I have gone, into what
  horror?
Is that it staring at me now with terror
Behind your frail tilted barrier? Tenderness
Was here, in this very bedroom, in this
Place, its form seen, cries heard, by you. What
  error
Is here? Am I that rashed image?
Is this the ghost of the love you reflected?
Now with a background of tequila, stubs, dirty
  collars,
Sodium perborate, and a scrawled page
To the dead, telephone off the hook? In rage
He smashed all the glass in the room.
  (Bill: $ 50.)

MALCOLM LOWRY

Delirium in Vera Cruz

Wohin ist Zärtlichkeit verschwunden, fragte er
den Spiegel
im Biltmore Hotel, cuarto 216. Kann sich
ihr Spiegelbild auch gegen Glas in Verwunderung
lehnen, wohin, in welchen Schrecken ich ver-
schwunden bin?
Ist es, dass sie auf mich nun mit Entsetzen starrt,
hinter deiner schrägen, zerbrechlichen Barriere?
Zärtlichkeit
war hier, in eben diesem Schlafzimmer, in diesem
Ort, ihre Gestalt gesehen, ihre Schreie ver-
nommen von dir. Was
läuft hier falsch? Bin ich das abgehetzte Bild?
Ist dies das Gespenst der Liebe, die du gespiegelt
hast?
Mit einem Hintergrund aus Tequila, Zetteln,
schmutzigen Kragen,
Barbitursäure, und einer vollgekritzelten Seite
an die Toten, ausgehängtes Telefon? In einem
Wutanfall
zerschmetterte er das ganze Glas im Zimmer.
(Rechnung: $ 50.)

Malcolm Lowry

Strange Type

I wrote: in the dark cavern of our birth.
The printer had it tavern, which seems better:
But herein lies the subject of our mirth,
Since on the next page death appears as dearth.
So it may be that God's word was distraction,
Which to our strange type appears destruction,
Which is bitter.

Malcolm Lowry

Sonderbare Type

Ich schrieb: in der dunklen Kaverne unserer
Geburt.
Der Drucker machte Taverne draus, was besser
scheint:
Aber hierin liegt der Anlass unserer Fröhlichkeit,
denn auf der nächsten Seite erscheint der Tod als
seltne Not.
So mag es sein, dass Gottes Wort Zerstreuung
hieß,
was in unserer sonderbaren Type sich Zerstörung
liest.
Das ist bitter.

Auf der Welt sein: im Licht sein,
irgendwo
Herden treiben, Esel treiben
oder denken,
arbeiten, schaufeln, reden –
aber vor allem: standhalten dem Licht,
seiner Stille
mit wachsenden Schatten überall,
standhalten dem Augenblick,
der da ist
unter der Herrschaft der Sonne
über Ruinen, Ginster, Asphalt und Meer,
standhalten der Zeit,
der Freude
am ewigen Augenblick der Vergängnis
unseres Daseins im Licht.

MAX FRISCH

Judith / Ein Monolog

Freunde, lebt wohl.
Lebt eure Tage und Nächte,
aber tut es mit offenen Augen.
Prüft euren Glauben genau, prüft ihn,
wie man eine Brücke prüft,
und der Abgrund ist groß.
Prüft eure Wörter, bevor ihr sie braucht,
wortlos
haltet sie gegen das Fenster, das leer ist.
Macht euch bereit!
Wo alles zerfällt,
unser Name, unser Haus und Gesicht,
tröstet euch nicht mit der Nachwelt,
werft alles von euch, was man euch lehrte
an Trost,
spart euch den Schmerz der Verratenen,
die klägliche Klage der Verlassenen –
Macht euch bereit!
Das Leben eures Leibes, der nicht sterben will,
das wird die Hölle sein,
und der Himmel wird sein wie immer,
grau oder blau –

Freunde!
Es flimmern die Sterne durch unsre Fassaden.
Im Taumel der Liebe
haltet die Stunde, solange es geht.
Aber tut es mit offenen Augen –
Auch wenn wir nicht wissen, was
in der gleichen Stunde geschieht:
die Luft, die wir atmen, ist voll davon,
und die Zeit, jenseits unseres Wissens vollstreckt,
ist unsere Zeit.
Macht euch bereit,
Wie Judith bereit war,
zu leben, solange es ging:
menschlich und aufrecht –
Und länger nicht.

Alfred Andersch

Paris, 1. Mai 1977

sich an den händen fassen
die augen zumachen
und losrennen

daran
dass euch dieser wunsch überfällt
erkennt ihr
die ankunft der liebe

dann
dürft ihr nicht zögern

fasst euch an den händen
macht die augen zu
rennt los

ALFRED ANDERSCH

Dichter-Lesung

sagen wir achtzig
gesichter

ein glas wasser

manchmal schiebt er seine beine übereinander
so
dass der linke fuß in der beuge des
rechten ruht

manchmal stellt er sie parallel
nebeneinander

sie sind mit einer dunkelgrauen
hose bekleidet

Heinrich Böll

Für Sammy

Wir kommen weit her
liebes Kind
und müssen weit gehen
keine Angst
alle sind bei Dir
die vor Dir waren
Deine Mutter, Dein Vater
und alle, die vor ihnen waren
weit weit zurück
alle sind bei Dir
keine Angst
wir kommen weit her
und müssen weit gehen
liebes Kind

HEINRICH BÖLL

Meine Muse

Meine Muse steht an der Ecke
billig gibt sie jedermann
was ich nicht will
wenn sie fröhlich ist
schenkt sie mir was ich möchte
selten hab ich sie fröhlich gesehen

Meine Muse ist eine Nonne
im dunklen Haus
hinter doppeltem Gitter
legt sie bei ihrem Geliebten
ein Wort für mich ein

Meine Muse arbeitet in der Fabrik
wenn sie Feierabend hat
will sie mit mir tanzen gehen
Feierabend
ist für mich keine Zeit

Meine Muse ist alt
sie klopft mir auf die Finger
kreischt mit ledernem Mund
umsonst Narr
Narr umsonst

Meine Muse ist eine Hausfrau
nicht Leinen
Worte hat sie im Schrank
Selten öffnet sie die Türen
und gibt mir eins aus

Meine Muse hat Aussatz
wie ich
wir küssen einander den Schnee
von den Lippen
erklären einander für rein

Meine Muse ist eine Deutsche
sie gibt keinen Schutz
nur wenn ich in Drachenblut bade
legt sie die Hand mir aufs Herz
so blieb ich verwundbar

When We Are Lost

When we are lost what image tells?
Nothing resembles nothing. Yet nothing
Is not blank. It is configured Hell:
Of noticed clocks on winter afternoons,
  malignant stars,
Demanding furniture. All unrelated
And with air between.

The terror. Is it of Space, of Time?
Or the joined trickery of both conceptions?
To the lost, transfixed among the self-inflicted
  ruins,
All that is non-air (if this indeed is not deception)
Is agony immobilized. While Time,
The endless idiot, runs screaming round the
  world.

Carson McCullers

Wenn wir verloren sind

Wenn wir verloren sind, zählt welches Bild?
Das Nichts gleicht nichts. Doch ist das Nichts
Nicht schwarz. Es wird gedacht als Hölle:
Aus wohlbemerkten Uhren winternachmittags,
  boshaften Sternen,
Herrischen Möbeln. Alles unverwandt
Und Luft dazwischen.

Angst. Vor dem Raum, der Zeit?
Oder vorm Lug und Trug beider Begriffe?
Für die Verlorenen, die zwischen den Ruinen der
  Selbstverstümmelung Erstarrten,
Ist alles, was Nichtluft ist (und dies, wahrhaftig,
  dies ist kein Betrug)
Gelähmte Agonie. Indes die Zeit,
Idiotin ohne Ende, schreiend rundrum rennt um
  die Welt.

Stone Is Not Stone

There was a time when stone was stone
And a face on the street was a finished face.
Between the Thing, myself and God alone
There was an instant symmetry.
Since you have altered all my world this trinity is
  twisted:

Stone is not stone
And faces like the fractioned characters in
  dreams are incomplete
Until in the child's inchoate face
I recognize your exiled eyes.
The soldier climbs the glaring stair leaving your
  shadow.
Tonight, this torn room sleeps
Beneath the starlight bent by you.

Carson McCullers

Stein ist nicht Stein

Früher war Stein noch Stein
Und ein Gesicht auf der Straße ein fertiges
  Gesicht.
Zwischen dem Ding, mir selbst und Gott allein
Bestand direkte Symmetrie,
Dann hast du meine Welt verändert, und nun ist
  die Dreieinigkeit gestört:

Stein ist nicht Stein
Und Gesichter unvollkommen, gebrochenen
  Traumgestalten gleich,
Bis im beginnenden Gesicht des Kindes
Ich deine vertriebenen Augen erkenne.
Der Soldat erklimmt die lodernde Treppe und
  lässt zurück deinen Schatten.
Heut nacht schläft dieser zerrissene Raum
Unterm von dir gekrümmten Sternenlicht.

Authors' Ghosts

I think that authors' ghosts creep back
Nightly to haunt the sleeping shelves
And find the books they wrote.
Those authors put final, semi-final touches,
Sometimes whole paragraphs.

Whole pages are added, re-written, revised,
So deeply by night those authors employ
Themselves with those old books of theirs.

How otherwise
Explain the fact that maybe after years
Have passed, the reader
Picks up the book—But was it like that?
I don't remember this ... Where
Did this ending come from?
I recall quite another.

Muriel Spark

Die Geister der Autoren

Ich glaube, nächtens schleichen sich die Geister
von Autoren
Zu den schlafenden Regalen, wo sie spuken
Und die Bücher, die sie schrieben, suchen.
Jene Autoren legen letzte Hand an, vorletzte
Hand,
Manchmal entsteht ein ganzer Absatz.

Ganze Seiten kommen hinzu, werden umge-
schrieben und verbessert,
So stark sind jene Autoren des Nachts
Mit ihren alten Büchern beschäftigt.

Wie sonst
Lässt sich erklären, dass der Leser,
Vielleicht nach langen Jahren,
das Buch herausnimmt – Stand das schon immer
da?
Daran erinnre ich mich gar nicht … Woher
Kommt dieser Schluss?
Mir ist ja ein ganz andrer im Gedächtnis.

Oh yes, it has been tampered with
No doubt about it—
The author's very touch is here, there and there,
Where it wasn't before, and
What's more, something's missing—
I could have sworn …

Oh ja, das Buch hat sich verändert,
Kein Zweifel –
Das ist die Hand des Autors, hier und dort
und dort,
Wo sie vorher nicht zu spüren war;
Mehr noch, da fehlt doch etwas –
Ich hätte schwören können …

On the Lack of Sleep

Lying on the roof of everything I listen
To the breath of ambition in her sleep, to the
  gasp of rancour
Turning in her dream. And the parting of lovers,
  the coming together
Of old divisions, the meeting and retreating of
  partners
        Cease, though I do not sleep.

Already I have wandered through fields of
  Michaelmas flowers. Tired
As I am, I remember the counting of all souls,
  think of their blue faces
I sought so long and discovered at last in the
  house below,
        Asleep, though I do not cease,

Though I persist into the day without motive as
  in the first hour
Of my life, tired as I am, I see the innocence
  I am left with.

Muriel Spark

Schlafmangel

Ich liege auf dem Dach von allem, und ich lausche
Dem Atem der Begierde in ihrem Schlaf, dem
Keuchen des Hasses,
Da sie sich wälzt in ihrem Traum. Und das
Scheiden von Paaren, das Zusammenkommen
Von alten Klüften, das Sich-Finden und Wieder-
Entschwinden von Partnern,
Es endet, obwohl ich nicht schlafe.

Schon bin ich gewandert durch Felder von
Herbstzeitlosen. Müde,
Wie ich bin, erinnere ich mich daran,
dass ich zählte alle Seelen, denke an ihre blauen
Gesichter,
Die ich suchte so lange und zuletzt sie entdeckte
unten im Haus,
Schlafend, obwohl ich nicht ende,

Obwohl ich dauere in den Tag, unmotiviert, wie
in der ersten Stunde
Meines Lebens, müde wie ich bin, seh ich die
Unschuld, die mir noch geblieben ist.

Honour yawns, vanity foams in her coma,
charity stretches
A sham, luxurious limb.
Until I gather you again when I come into my
own,
Lie low, my sleepy fortunes.

Ehre gähnt, Eitelkeit schäumt in ihren Koma-
träumen, Mitleid streckt
Wohlig ein falsches Glied.
Bis ich schließlich wieder mitbekomme, wenn
ich zurückbekomme, was mir zusteht,
Wie ihr da auf der Lauer liegt, meine
schlafenden Geschicke.

Holidays

The month of the holidays,
where is the ... who can find
him ... the electrician, there
is a water problem, the oil tank
leaks, do you know what
that means? It is the holidays, there are
no electricians, no shops, no tanks,
no cisterns. Nails
are breaking, blood does not gush.
Ring, ring, ring, dial 023
dial 576 and 999. Nothing
doing, my friend. All the machines
are dead. Money doesn't speak.
Nobody. The desert.
  And now come the floods.
Escape, escape quickly. Leave
everything. No point in locking
up.
  Go away, far far away. The
month of the holidays.

Muriel Spark

Ferien

Der Monat, wo Ferien sind,
wo ist denn der … wer weiß, wo er
steckt … der Elektriker, es
gibt ein Problem mit dem Wasser, der
  Heizungskessel
ist leck, verstehst du, was
das bedeutet? Es sind Ferien, es gibt
keine Elektriker, keine Geschäfte, keine Kessel,
keine Wasserbehälter. Nägel
brechen ab, Blut kommt nicht geschossen.
Ruf an, ruf an, ruf an, wähle 023
wähle 576 und 999. Nichts geht
mehr, mein Freund. Alle Maschinen
sind tot. Geld spricht nicht.
Kein Mensch. Die Wüste.
  Und nun kommen die Fluten.
Fliehe, flieh geschwind. Lass
alles zurück. Abschließen sinn-
los.
  Geh weg, weit weit weg. Im
Monat, wo Ferien sind.

Note by the Wayside

To you, fretful exemplar, who claims to place
Love before all success and kindness above
Any career, I answer yes, well said, my dear,
If you have the particular choice:
If you're gifted, I mean, in love
And also special in life's performances.
But are you so very clever and so very nice?

Muriel Spark

Randnotiz

Dir, nörgelndes Exemplar, das behauptet, es
stelle
Die Liebe über den Erfolg und über die Karriere
Die Freundlichkeit, erwidere ich – ja, gut gesagt,
mein Lieber,
Wenn du denn in der Tat die Wahl hast:
Wenn du Talent hast für die Liebe, meine ich,
Und dich auch sonst hervortust auf den Bühnen
dieses Lebens.
Doch bist du wirklich so besonders klug und so
besonders nett?

Dimmed-Up

The advantage of getting dim-sighted
is that there are only outlines and no dinkety
details.
Everyone's skin is smooth.
Everyone's eyebrows are arches.
Everyone's eyes are black points.
Everyone's clothes are clean.
Telegraph poles look like poplars
And a dark room looks like it's supposed to be.
The pictures on the walls of the hotel
Look like art
And I can never find my glasses.

Muriel Spark

Eingetrübt

Der Vorteil, wenn man trübsichtig wird,
ist der, dass man nur noch die Umrisse sieht und
nicht mehr die dummen kleinen Details.
Alle haben eine glatte Haut.
Alle Augenbrauen sind geschwungen.
Alle Augen gleichen schwarzen Punkten.
Alle haben saubre Kleider an.
Telegrafenmasten sehen aus wie Pappeln,
Ein dunkler Raum sieht aus, als müsste er so sein.
Die Bilder an den Wänden der Hotels
Sehn aus wie Kunst
Und ich, ich kann nie meine Brille finden.

Dateci

Dateci qualche cosa da distruggere,
Una corolla, un angolo di silenzio,
Un compagno di fede, un magistrato,
Una cabina telefonica,
Un giornalista, un rinnegato,
Un tifoso dell'altra squadra,
Un lampione, un tombino, una panchina.
Dateci qualche cosa da sfregiare,
Un intonaco, la Gioconda,
Un parafango, una pietra tombale.
Dateci qualche cosa da stuprare,
Una ragazza timida,
Un'aiuola, noi stessi.
Non disprezzateci: siamo araldi e profeti.
Dateci qualche cosa che bruci, offenda, tagli,
  sfondi, sporchi,
Che ci faccia sentire che esistiamo.
Dateci un manganello o una Nagant,
Dateci una siringa o una Suzuki.
Commiserateci.

Primo Levi

Gebt uns

Gebt uns, was wir zerstören können,
Eine Blumenkrone, einen Winkel der Stille,
Einen Glaubensgenossen, einen Richter,
Eine Telefonzelle,
Einen Journalisten, einen Abtrünnigen,
Einen Fan der anderen Mannschaft,
Eine Laterne, einen Kanaldeckel, eine Bank.
Gebt uns, was wir beschmieren können,
Einen Verputz, die Gioconda,
einen Kotflügel, einen Grabstein.
Gebt uns, was wir vergewaltigen können,
Ein schüchternes Mädchen,
Ein Beet, uns selbst.
Verachtet uns nicht: wir sind Herolde und
  Propheten.
Gebt uns, was brennt, beleidigt, schneidet,
  durchstößt und beschmutzt,
Was uns fühlen lässt, dass es uns gibt.
Gebt uns einen Knüppel oder einen Nagant,
Gebt uns eine Spritze oder eine Suzuki.
Erbarmet euch unser.

Scacci

Solo la mia nemica di sempre,
L'abominevole dama nera
Ha avuto nerbo pari al mio
Nel soccorrere il suo re inetto.
Inetto, imbelle pure il mio, s'intende:
Fin dall'inizio è rimasto acquattato
Dietro la schiera dei suoi bravi pedoni,
Ed è fuggito poi per la scacchiera
Sbieco, ridicolo, in passetti impediti:
Le battaglie non son cose da re.
Ma io!
Se non ci fossi stata io!
Torri e cavalli sì, ma io!
Potente e pronta, dritta e diagonale,
Lungiportante come una balestra,
Ho perforato le loro difese;
Hanno dovuto chinare la testa
I neri frodolenti ed arroganti.
La vittoria ubriaca come un vino.

Schach

Nur meine Feindin von je,
Die widerliche schwarze Dame,
Besaß soviel Stärke wie ich,
Ihrem schwächlichen König zu Hilfe zu eilen.
Schwächlich, feig auch der meine, versteht sich:
Von Beginn an hielt er sich versteckt
Hinter der Schar seiner tapferen Bauern.
Dann ist er über das Schachbrett geflohen,
Geduckt, lächerlich, mit zögernden Schrittchen:
Schlachten sind nichts für Könige.
Doch ich!
Wäre ich nicht gewesen!
Türme und Pferde, nun ja! Doch ich!
Kraftvoll und standfest, geradeaus und diagonal,
Weitreichend wie eine Armbrust,
Habe ich ihre Verteidigungslinien durchlöchert,
Das Haupt mussten sie beugen,
Die schwarzen arroganten Betrüger.
Der Sieg berauscht wie der Wein.

Ora tutto è finito,
Sono spenti l'ingegno e l'odio.
Una gran mano ci ha spazzati via,
Deboli e forti, savi, folli e cauti,
I bianchi e i neri alla rinfusa, esanimi.
Poi ci ha gettati con scroscio di ghiaia
Dentro la scatola buia di legno
Ed ha chiuso il coperchio.
Quando un'altra partita?

Nun ist alles zu Ende.
Vorbei sind Hass und kluges Taktieren.
Eine große Hand hat uns alle hinweggefegt,
Schwache und Starke, Weise, Narren und Kluge,
Schwarz und Weiß durcheinander, entseelt.
Dann warf sie uns, prasselnd wie Kies,
In die dunkle Schachtel aus Holz
Und verschloss ihren Deckel.
Wann kommt ein neues Spiel?

A Menu of Loves

Don't bother me, for I must take
A cup of William for my sake.
Shakespeare at dawn, warm toast with Will
Or when the moon glides down the hill
My day un-finished till un-Donne
And all their harvest poems won.
I sit to tiffin with wild Shaw
And glimpse the idiots that he saw.
But most of all dear Emily
Is milkmaid cream and curds to me.
While Pope engenders capered bile;
I'll sandwich him at noon awhile
Then swim on back to where winter's lost
But changed to spring by vernal Frost.
So night and noon and noon and night
My comrades set the table right
And tilt my mind to round my blood
To circumscribe that neighborhood
Where all is Shelley, Yeats and Keats
A bin of morning-glory treats.
I am not fit for man or beast
Until of these I grub a feast.

Ray Bradbury

Ein Liebesmenü

Man störe nicht, denn mir zu Ehren
Will ich 'nen Becher William leeren.
Ein Schoppen Shakespeare, das belebt,
Und wenn der Mond am Himmel schwebt,
Dann geht mit Donne mein Tag zur Neige –
Das ist der Lyrik Erntereigen.
Am Mittagstisch sitz ich mit Shaw
Und seh die Simpel, die er sah.
Die liebste ist mir Emily,
Crème de la crème der Poesie.
Bei Pope kommt mir die Galle hoch,
Den streich ich mir aufs Mittagsbrot,
Dann schwimm ich hin, wo Winter schwand,
Doch Frühjahrs-Frost bringt Lenz ins Land.
So alle Nächte, alle Tage
Mit den Gefährten ein Gelage;
Die machen Mut, verleihen Kraft
Zu Gängen durch die Nachbarschaft,
Wo Yeats und Keats und Shelley hausen,
Der beste Ort für frühe Jausen.
Denn ohne dieses Elixier
Taug ich für Mensch nicht noch für Tier.

And then, fulfilled, start the day
As, urged, they prompt me what to say.
So, quiet, all for I must slake
A cup of William for my sake.

Gesättigt dann, beginnt mein Tag;
Sie sagen vor, was ich je sag.
Drum Ruhe jetzt, denn mir zu Ehren
Will ich ’nen Becher William leeren.

I Die So Dies the World

Poor world that does not know its doom, the day
  I die.
Two hundred million pass within my hour of
  passing,
I take this continent with me into the grave.
They are most brave, all-innocent, and do not
  know
That if I sink then they are next to go.
So in the hour of death they Good Times cheer
While I, mad egotist, ring in their Bad New Year.
The lands beyond my land are vast and bright,
Yet I with one sure hand put out their light.
I snuff Alaska, doubt Sun King's France, slit
  Britain's throat,
Promote old Mother Russia out of mind with one
  fell blink,
Shove China off a marble quarry brink,
Knock far Australia down and place its stone,

Ray Bradbury

Sterbe ich, so stirbt die Welt

Arme Welt, die ihr Verderben nicht weiß, am
Tage meines Sterbens.
Zweihundert Millionen ziehen vorbei innerhalb
der Stunde meines Scheidens.
Ich nehme diesen Kontinent mit mir ins Grab.
Sie sind ganz tapfer, so arglos, und wissen nicht,
Dass, falls ich sinke, sie die Nächsten sein werden.
So jubeln sie den Guten Zeiten zu in der Stunde
des Todes,
Während ich, irrer Selbstsüchtiger, läute ein ihr
Schlechtes Neues Jahr.
Die Länder jenseits meiner Länder sind weit und
hell,
Aber mit einer sicheren Hand lösche ich ihr Licht.
Ich vernichte Alaska, ziehe Sonnenkönigs
Frankreich in Zweifel, durchschneide
Britanniens Kehle,
Befördere alte Mutter Russland mit einem grimmigen Zwinkern aus meinen Gedanken,
Stoße China von eines Marmorbergwerks Rand,
Schlage fernes Australien nieder und setze seinen
Stein,

Kick Japan in my stride. Greece? quickly flown.
I'll make it fly and fall, as will green Eire,
Turned in my sweating dream, I'll Spain despair,
Shoot Goya's children dead, rack Sweden's sons,
Crack flowers and farms and towns with sunset
guns.
When my heart stops, the great Ra drowns in
sleep,
I bury all the stars in Cosmic Deep.
So, listen, world, be warned, know honest dread.
When I grow sick, that day your blood is dead.
Behave yourself, I'll stick and let you live.
But misbehave, I'll take what now I give.
That is the end and all. Your flags are furled …
If I am shot and dropped? So ends your world.

Trete Japan so nebenbei. Griechenland? rasch
verflogen.
Ich werde es fliegen und fallen lassen wie Irland
grün,
Mich drehend in meines Traumes Schweiß, werde
ich Spanien die Hoffnung nehmen,
Goyas Kinder töten, Schwedens Söhne auf die
Folterbank schicken,
Blumen spalten und Bauernhöfe und Dörfer mit
Gewehren der Dämmerung.
Wenn mein Herz stillsteht, der große Ra im
Schlaf ertrinkt,
Begrabe ich alle die Sterne in der Kosmischen
Tiefe.
Also hör zu, Welt, sei gewarnt, kenne die wahrhaftige Furcht.
Wenn ich krank werde, an dem Tag stirbt dein
Blut.
Benimm dich, ich werde haften bleiben und
dich leben lassen.
Aber benimm dich daneben, nehme ich zurück,
was ich gegeben.
Das ist das Ende und Alles. Deine Fahnen aufgerollt …
Wenn ich geschossen und gefällt? So endet deine
Welt.

FRIEDRICH DÜRRENMATT

Dramaturgischer Rat

Verzapf keinen Tiefsinn
Füge dem Rätsel kein neues bei

Es liegt nicht im Wort
Schaff ein Gebilde

Drei Männer am Tisch
Was sie reden ist unwichtig

Sie wollen richtig handeln
Aber die Würfel sind gefallen

Wer den falschen Zug bestieg
Mag in ihm zurück rennen
Er erreicht doch, wohin er
  nicht wollte

Friedrich Dürrenmatt

Meere

Ich liebe das Haus zu verlassen

In einen Tag zu gehen, der sich
gegen Abend neigt

Durch Meere roten Laubs zu waten

FRIEDRICH DÜRRENMATT

Vor uns hintastend, Liebes

Vor uns hintastend, Liebes
Ins immer Dunklere
Fühlen wir in der Kälte unsere Wärme

Versuchen wir hilflos uns Gutes zu tun
Gemeinsam betend
Bevor wir schlafen
Gott zu erreichen

Wie ferne alles.

Blasse Bilder. Doch plötzlich
Überscharf
Die Erinnerung. Deine kühle Hand
In der meinen
Saß ich dir gegenüber.
Sah deinen zuckenden Mund
Wir sagten einander kein Wort
So mächtig war unsere Liebe

Nun ist in unserem Schweigen oft
Traurigkeit
ein Schatten nur der
Freude
Vielleicht verborgen wie Gott

Ergreife die Feder müde

Ergreife die Feder müde
schreibe deine Gedanken nieder
  wenn keine Frage nach Stil dich bedrängt.

Es ist heute wieder vieles zu durchdenken.
Felder liegen brach, die einst Früchte trugen.

Das Mögliche ist ungeheuer. Die Sucht
  nach Perfektion
zerstört das meiste. Was bleibt
  sind Splitter
an denen sinnlos gefeilt wurde.

Beginne, das Sonnensystem zu sehen.
  Liebe
auch Pluto. Doch wer
  macht sich schon Gedanken über ihn!
Ich aber
  spüre sein Kreisen, ahne
die kleine Kugel, die glattgeschliffene.

Alles lässt sich besser schreiben
    Darum lass die schlechtere Fassung stehn.

Nur beim Weitergehen kommst du irgendwohin
    wohin?
Fern von dir.
    Gehe weiter. Lots Weib
erstarrte beim Zurückschauen.
    Erstarrt nicht. Korrigiert nicht.
Wagt!

Höre nie auf andere.
Trachte nicht danach, ein gutes Buch zu schreiben
Mache keinen Plan und wenn du ihn machst
    führe ihn nicht aus
Der Plan genügt.

Nichts
    ist notwendig. Das Spiel
kann jederzeit abgebrochen werden.

Es gibt Sätze, die stark machen
    doch brauchen sie nicht nieder-
    geschrieben werden.

Löse deine Hand.

Es kommt nie auf die Sätze an. Nur das Werk allein zählt.

Die Narren kritisieren einen Satz
Wenige sehen das Ganze.

Gott kann dich verlassen
Gody soll dich verlassen.

Friedrich Dürrenmatt

Schweizerpsalm II

Was zum Teufel soll ich mit diesem Land an-
  fangen?

Es breitet sich, zwei Schritte in die
  Länge und drei in die Breite
wie der Garten eines Fabrikanten zu meinen
  Füßen aus,
der in undurchsichtigen Geschäften
  verreist ist.

Vielleicht wird er in zwanzig oder fünfzig
  Jahren bankerott machen,
jammernde Familien zurücklassend und
  Historiker,
  die bestürzt nach Ursachen
forschen.

In den Vereinigten Staaten von Nordamerika
  kann man eine ganze Woche im Schnellzug
  sitzen,

bis man, um einen verwitterten Ausläufer
der Rocky Mountains biegend,
den großen Ozean sieht.

In Russland ist die Transsibirische Eisenbahn
ein so unermessliches Unternehmen, dass
ganze Züge
überhaupt nicht angekommen sind, Jahre
lang durch die Wüste Gobi
schnaubend.

Der Himmel ist wirklich sonst überall unendlich
und die Erde
breitet sich überall ohne Grenzen aus.
Ins Meer tauchend erhebt sie sich wieder
anderswo zu neuen Kontinenten.
Reisende haben mir das versichert.

Wenn man jedoch in diesem Land Eisenbahnzug
fährt,
ist man in vier fünf Stunden von einer
Grenze zur andern gekommen
und stochert sich im Speisewagen beim
Anblick des Bodensees
die letzten Reste des Menüs aus den
Zähnen,
das man in Genf begonnen hat.

Und dabei hätte man die Distanzen so furchtbar nötig.

Oft, wenn ich zornig bin und ohne Hoffnung
bin, sage ich:
Dieses Land ist ein Scheißland.

Es liegt vor mir sozusagen in den vier Rahmen
meiner Fenster.
Ein Teller mit fetter Speise aus einem
Hause, das einst gute
Zeiten sah, und heute noch bessere.

Vorgesetzt einem Hund, gespendet von einer
alten Dame,
die – davon spricht sie immer – achthundertfünfzig
Jahre ununterbrochen anständig
gelebt hat. Sie sei barmherzig und tierliebend
sagt die Nachbarschaft.

Dennoch mag ich aus diesem Teller nicht fressen.
Aber ich muss,
Auch ein Hund will leben. Die Zeit ist jetzt
schlimm.
Nur merken es noch wenige. –
Und die Berge liebe ich eigentlich auch nicht.

Wie wenn es irgendwie sinnvoll wäre, die Köpfe und Gräte
in so hohe Höhen zu stecken, wo es immer schneit, sogar noch im Hochsommer.

Und dann steht man da in Eis gepanzert, ohne Leben und gemeingefährlich,
dass am Schluss nicht einmal die Gemsen mehr an einem herumklettern.
Aber unsere Literaturhistoriker sind schließlich auch so.

Sehr vieles ist so in diesem Land. Oft weiß ich,
dass wir alle mit Mann und Maus untergegangen sind.

Die Mädchen gehen in die Uhrenfabrik. Die Bordelle und die Jesuiten sind verboten.
Am meisten leben in unserem Lande die Toten.

Friedrich Dürrenmatt

Mond

Du sinnlos tote Welt aus Stein
Dein Odem bläst mir Kälte ein

Zerfressen steigst du still empor
Beleckt vom Übermaß des Lichts
Und weist des Weltalls Male vor

Verhüllst die Narben des Gesichts
Nimmst wieder ab und wirst zu nichts

Kronenhalle

1.

Ich bin an wenigen Orten daheim

Im Haus über dem See

Auf der andern Seite des Monds

Auf der Bühne des Schauspielhauses
Umstellt von Kulissen

Und in der Kronenhalle
In Mutter Zumstegs Reich

Die Leberknödelsuppe dampft
Aldo kommt mit dem Wagen angerollt
Und ich denke über einen Auftritt der Giehse
nach

2.

An den Nachmittagen zwischen drei und vier
    Am Tisch
Zwischen den Glasscheiben

Wie hinter Silberstaub schläft die Katze
    Auf der Bank in der Ecke
Kein Gast wagt sie zu stören

Vor blauen Tramwagen manchmal
    Bewegen sich die Vorhänge

Geisterhaft auf die gleiche Scheibe gespiegelt
  Erscheint aber auch
Mein Gesicht und die ferne Theke

Schiebt sich
    Der Hintergrund vor den Vordergrund.

Memory of you

Memory of you seizes me unawares
And hardest in the instant before sleep,
When drowsy yet in sudden panic
I duck its fingers like someone fleeing in an alley
From a thief or a murderer, barely escaping.
Or have I escaped?
You are more real in near-sleep
Than when I try to remember you.
From near-sleep I start awake, and my heart
beats
As if I am running. Sweat comes on my forehead,
Though I haven't moved.
Once I wished you near me,
But not like this.
Once you were near me,
But not like this.
Would it help to label you a ghost?

Patricia Highsmith

Die Erinnerung an dich

Die Erinnerung an dich fällt über mich her,
Und am heftigsten in den Sekunden vorm Schlaf,
Wenn ich mich, benommen und doch jäh in
  Panik,
Wegducke unter ihren Fingern wie jemand, der
  durch eine Gasse flieht
Vor einem Dieb oder vor einem Mörder und
  kaum entkommen kann.
Oder bin ich entkommen?
Im Fast-schon-Schlaf bist du wirklicher,
Als wenn ich versuche, mich deiner zu erinnern.
Aus dem Fast-schon-Schlaf fahre ich hoch und
  bin wach, und mein Herz klopft,
Als würde ich rennen. Schweiß tritt mir auf die
  Stirn,
Und dabei habe ich mich nicht bewegt.
Einmal hab ich mir gewünscht, du wärst mir nah,
Aber nicht auf diese Weise.
Einmal warst du mir nah,
Aber nicht auf diese Weise.
Ob es helfen würde, dich abzustempeln als
  Geist?

Ghosts for me have not such power.
Ghosts for me do not exist.
I struggle not with you
But with myself, desiring the positive,
The yes, the good,
And wondering still, as I did
From the first moment I saw you,
What you are for me.

Geister haben keine solche Macht für mich.
Geister gibt es nicht für mich.
Nicht mit dir ringe ich,
Sondern mit mir selbst, voller Sehnsucht nach
dem Positiven,
Dem Ja, dem Guten,
Und frage mich noch immer, wie damals,
Als ich dich zum ersten Male sah,
Was du für mich bist.

A Toast

To lost causes, and failures,
The mark of the human race!
Yes, marks they leave in the memory,
And in the faces of those who tried.
And aren't these marks more beautiful
Than bomb holes, than most skyscrapers,
Factories, and the distorted breasts
Of nuclear power stations?
A toast to those who tried
To cross an ocean in a faulty boat,
And sank!
A health to starving inventors
Who never quite succeeded, or who found that
Someone else had the idea first!
Three cheers and yet a fourth
To lovers who tried and lost,
Who declared their love

Patricia Highsmith

Ein Toast

Auf die verlorene Sache, und den Fehlschlag,
Merkmal der menschlichen Rasse!
Ja, Male hinterlassen sie in der Erinnerung,
und in den Gesichtern jener, die den Versuch
wagten.
Und sind diese Male nicht schöner
als Bombenkrater, als die meisten Wolken-
kratzer,
Fabriken, und die entstellten Brüste
von Atommeilern?
Ein Toast auf jene, die den Versuch wagten,
den Ozean in einem mangelhaften Boot zu über-
queren,
und sanken!
Auf das Wohl der hungernden Erfinder,
denen nichts so richtig glückte, oder die ent-
deckten, dass
ein anderer die Idee vor ihnen hatte!
Dreimal Hoch und noch ein viertes Mal
auf die Liebenden, die den Versuch wagten und
scheiterten,
die ihre Liebe erklärten

And had it rejected!
To writers of books whose fate was the same!
To painters who never made it
While they lived—such as Van Gogh.
A toast to optimism and to courage!
A glass to daring!
And a laurel to the one who leaps!

und sie abgelehnt fanden!
Auf die Autoren von Büchern, die dasselbe
Schicksal erlitten!
Auf die Maler, die es nicht schafften,
solange sie lebten – wie van Gogh!
Ein Toast auf Optimismus und Mut!
Ein Glas auf die Kühnheit!
Und Lorbeer dem, der den Sprung wagt!

Pretty Pictures

Is it only people over forty, even the elderly,
Who love pretty pictures any more?
In a compost heap in a former
Outdoor toilet, I saw a likely composition
For an ultra-modern painting:
Squashed orange peels gutted by machine
On a bed of rotting lettuce,
Hemispheres of grapefruit
Chartreuse with mould,
One bruised rose, banana skins
Dissolving into purple mush, the whole garnished
With squares of uneaten sandwich bread
Rampant with fungus of unearthly blue,
Suggesting penicillin powers and atomic bomb
mystery.
Who could deny the beauty of such hues,
The triumph of decay, the fitness of it

Patricia Highsmith

Hübsche Bilder

Sind es nur Leute über vierzig oder gar bloß alte
Leute,
die hübsche Bilder noch mögen?
In einem Komposthaufen unter einem ehemaligen
Plumpsklo sah ich eine mögliche Komposition
für ein hypermodernes Bild:
zermanschte Orangenschalen, ausgeweidet von
Maschinen,
auf faulenden Salat gebettet,
Grapefruit-Halbkugeln,
schimmlig chartreusefarben,
eine gequetschte Rose, Bananenschalen,
zu braunviolettem Matsch zerfließend, das Ganze
garniert
mit Scheiben ungegessenen Sandwichbrots,
überwuchert von unirdisch blauem Pilz,
erinnernd an Penizillingewalt und Atombomben-
geheimnis.
Wer könnte die Schönheit solcher Farbtöne
bestreiten,
Triumph des Verfalls, seine Tauglichkeit

To symbolize late twentieth-century life,
As so many people see it,
The picture even framed by a handmade wooden
circle
Designed for excretion?
I remember that Raphael had once attempted
A madonna in a circular frame.
I recalled a Monet still-life,
A bowl of blue-and-white porcelain containing
Apples of delicate rosiness surging into red,
A pear ripe for eating,
Grapes dusty with bloom,
Painted to be seen gently
As if by a glance across a room
And yet, if looked at closely,
To thrill the eyes
As a symphony thrills the ears,
Inspiring wonder at the artist's skill
And deliberate intention to delight.
Is it only in age that one can stand
In a silent room of a museum in Fort Worth,
Texas

als Symbol des Lebens im späten zwanzigsten
Jahrhundert,
wie so viele es sehen,
das Bild überdies noch gerahmt mit einem hand-
gemachten Holzring,
für Ausscheidungen entworfen?
Ich erinnerte mich, dass Raffael sich einmal
an einer Madonna in einem runden Rahmen ver-
sucht hatte.
Ich rief mir ein Stilleben von Monet ins
Gedächtnis,
eine Porzellanschale, blau und weiß,
mit Äpfeln, deren rosige Zartheit in Rot hinüber-
strahlte,
eine Birne reif zum Essen,
Trauben, grau angehaucht,
gemalt, um kaum gesehen zu werden,
von einem flüchtigen Blick durch einen Raum,
und doch, bei näherem Hinschauen
entzückt es die Augen
wie eine Symphonie die Ohren,
erregt Bewunderung für das Geschick des
Künstlers
und dessen wohlbedachte Absicht, zu erfreuen.
Kann man nur im Alter
in einem stillen Museum stehen in Fort Worth,
Texas,

And be startled by the beauty of a few inches of
canvas?
Only in middle-age that one can dare enjoy
A beautiful picture and see
In a painted apple's red and rose
The colour of remembered lips,
And in the haze of the grapes' skin
A sky of Paris twenty years ago
On a certain autumn afternoon?
The pear reminds me of a day long past,
A lunch in Amalfi in the sun, laughter,
And a slow savouring of days
That we knew were numbered, though
We didn't count them even to ourselves.
The fruit on the canvas doesn't change,
Neither does memory, though
It is dangerous to be sentimental,
And safer to sneer.
The still-life could be called a pretty picture.
A lot of people would call it boring.

betroffen von der Schönheit weniger Zentimeter
Leinwand?
Nur in der Lebensmitte wagen, sich zu freuen
an einem schönen Bild und
im Rosa und Rot eines gemalten Apfels
die Farbe erinnerter Lippen zu sehen
und in der trüben Haut der Trauben
einen Himmel von Paris, vor zwanzig Jahren
an einem bestimmten Herbstnachmittag?
Die Birne beschwört einen lang vergangenen Tag,
ein Mittagessen in Amalfi an der Sonne,
Gelächter,
und das langsame Auskosten von Tagen,
die, wie wir wussten, gezählt waren, doch
nicht von uns, auch nicht im Stillen.
Die Frucht auf der Leinwand ändert sich nicht,
so wenig wie die Erinnerung, doch
ist es gefährlich, Gefühle zu haben,
und sicherer, zu höhnen.
Man könnte sagen, das Stilleben sei ein hübsches
Bild.
Eine Menge Leute fänden es langweilig.

At dawn, after my death hours before,
The sunlight will spread at seven o'clock as
usual
On these trees which I know.
Greenness will burst, dark green shadows yield
To the cruel-benign, indifferent sun.
Indifferent will stand the trees in my own garden,
Unweeping for me on the morning of my death.
Same as ever, roots athirst,
The trees will rest in breezeless dawn,
Blind and uncaring,
The trees that I knew,
That I tended.

Patricia Highsmith

Im Morgengrauen, Stunden nach meinem Tod,
wird sich wie immer um sieben
die Sonne auf diese Bäume legen, die ich kenne.
Grün werden sie aufleuchten, und die dunkel-
grünen Schatten
weichen der grausam-gnädigen, gleichgültigen
Sonne.
Gleichgültig stehen die Bäume in meinem Garten,
ohne um mich zu weinen am Morgen meines
Todes.
Ungerührt, mit dürstenden Wurzeln,
verharren sie in windstiller Dämmerung,
blind und teilnahmslos,
die Bäume, die ich kannte,
die ich umhegte.

JOAN AIKEN

π in the Sky

Who'll solve my problem? asks the moon
  Moving across the sky
Who'll calculate my radius
  And multiply by π?

The shining flood of light I pour
  By half a world is shared
And yet this area, figured out
  Is merely πr^2

The laws of π all circles must
  Unquestioning obey
Yet lovely as a lily, I
  Float heedless on my way

My proud contention this, which once
  The ancient Romans held:
Luna se movet—briefly put
  The moon is self-propelled.

Joan Aiken

Pi-kiertes Luftschloss *

Wer löst mein Rätsel? fragt der Mond,
den Himmel querend: wie
rechnet sich mein Radius aus,
multipliziert mit π?

Hälftig jeweils die Erde stets
teil meiner Lichtflut hat,
doch ist selbst diese Fläche nur
– denk mal! – π-r-quadrat!

Denn jede Kreisbahn folgt durch Zwang
blind dem Gesetz von π,
ich aber – sorglos, lilienschön –
schwebe nach eig'ner Regie.

Denn meine kühne These ist,
was Römer längst betont:
Luna se movet, heißt: es ist
auto-mobil der Mond!

* Ein »pie in the sky« ist ein Luftschloss
oder eine unrealistische Vorstellung.

Night's Queen I trace a silvery
  Circumference of sky
And share my cold and regal sway
  With nobody but π.

Silberspur – Königin der Nacht –,
ich präg' die Szenerie,
teil' meine kalte, prächt'ge Macht
mit keinem sonst als π.

Joan Aiken

Hand Over

It would be funny
If we didn't have money
How would we work out price?

One cat is better than twenty mice.
How would we tot up cost?
A vacuum cleaner is worth a ton of dust.
How to assess value?
A dozen sparrows equal one curlew.
How decide worth?
One rose to an acre of earth.
How figure expense?
A mad bull is worth a strong fence.
How fix a reasonable charge?
A good poem is worth a bit of bread and marge.

What would we call cheap?
A hurricane for a night's sleep.
And dear?
A lump of coal for a miner's fear.

Joan Aiken

Hand aufs Herz

Was wäre die Welt
Ganz ohne Geld,
Wie berechnen wir dann die Preise?

Eine Katze ist besser als zwanzig Mäuse.
Wer sagt uns, an welche Summe man glaubt?
Ein Staubsauger entspricht einer Tonne Staub.
Wie misst man von einer Sache den Wert?
Ein Dutzend Schafe für ein Pferd.
Wer fragt uns dann, was kostet das?
Eine Rose auf einen Hektar Gras.
Auf wessen Worte sollen wir traun?
Ein wilder Stier für einen starken Zaun.
Wie bestimmen wir, was wir zahlen?
Ein paar Stunden Schlaf gegen tausend Gefahren.

Was fänden wir billig, was wär's?
Ein Butterbrot für einen Vers.
Und was soll teuer sein?
Ein Stück Kohle für des Bergmanns Pein.

Alan Sillitoe

Poem Written on the Hereford Train

Don't write a poem
The reviewer said.
Tell a story.
You are good at that.
Write prose instead.

Bollocks, I said.
Drop dead.
Get screwed.
Blow yourself up.
Fly to the moon.
Perish.

How's that for a poem?

It doesn't rhyme, he said.

Alan Sillitoe

Gedicht, geschrieben im Zug nach Hereford

Schreib keine Gedichte,
Sagte der Rezensent.
Erzähl eine Geschichte,
Das sind die Sachen
Für die man dich kennt.

Unsinn, sagte ich.
Du spinnst.
Leck mich am Arsch.
Du kannst mich mal.
Verpiss dich.
Hau ab.

Na, ist das ein Gedicht?

Er sagte: Reimt sich nicht.

ALAN SILLITOE

Travelling

He who continually travels
Will collapse on the road—
The one who stays at home
Will die in bed.

He who can love
Will die in pain;
The one who revels in intelligence
Will not wake up from sleep.

He who cannot act
Will sleep,
And he who does
Is killed by life.

Alan Sillitoe

Auf Reisen

Wer unentwegt auf Reisen ist,
Liegt irgendwann im Graben –
Wer lieber daheim bleibt,
Der stirbt im Bett.

Wer lieben kann,
Stirbt unter Schmerzen;
Wem Klugheit über alles geht
Wacht irgendwann nicht mehr auf.

Wer nicht handeln kann,
Wird schlafen,
Und wer es kann,
Der stirbt am Leben.

ALAN SILLITOE

Age

I wonder—
When I'm old
Bald
Without teeth
Wanting breath
Almost blind
All loving finished,
Neither girl or woman
To kiss anymore
Or be kissed—

Whether poetry
Will come better
Recalling
The memory of storms.

ALAN SILLITOE

Alter

Ich frage mich –
Wenn ich alt bin
Kahl
Zahnlos
Kurzatmig
So gut wie blind
Alle Liebe zu Ende
Weder Mädchen noch Frau
Die küssen
Oder Küsse wollen –

Ob Dichtung
Dann mehr ist
Weil die Zeit der Stürme
Sie beschwört.

HUGO LOETSCHER

Atlas

Er
der die Erde buckelt
er steht worauf

wo hat er gelernt
im Luftleeren
sich abzustützen

war die Liebe die Erfahrung
ohne Boden
existieren zu können

und die Liebe zu wem?

Oder klammert er sich an den Globus
um mit der Erde
durch ein All zu kreisen

im Firmament
an seinen Töchtern vorbei
die als Pleiaden leuchten

ein Träger
der getragen wird

die eigene Schwerkraft verlierend
um Erdenschwere zu tragen.

Hugo Loetscher

Lindholm Hoje

Nicht jedem Seemann
wird als Totengabe
ein Schiff aus kostbar Holz
verbrannt.

den meisten wird
in Form von einem Schiff
aus Stein
ein Erdstück abgesteckt,

verankert im Boden
mit Hilfe der Schwere
des Toten
der Sarg vertaut.

Doch wer ein Kimber,
der weiß
aus Stein und Erde
ein Schiff zu zimmern,
das ohne Segel
jenseitstüchtig –
und steuert durchs uferlose Meer.

Hugo Loetscher

Formular 1 D

Nicht zustellbar
weder Brief
noch Paket
Adressat verreist
zwischen Pol und Meridian
in jene Fremde
wo nicht stört
Fremder zu sein
eine andere Fremde
als die zu Haus
die Umgang gewohnte.
Warum nicht anderswo
unbekümmert
fremd sein dürfen
unbehelligt von jeglicher Erwartung.
Die Post wird abgeholt
nach der Rückkehr
von sonst und sonstwo.

HUGO LOETSCHER

An einer Straßenecke

Es war
eh es war –
gestorben der Moment
im Traum der offenen Augen
aus dem es kein Erwachen gibt.

Hugo Loetscher

Drache im Central Park

Klebepapier
und bunt
dem Kind geglaubt
dem Wind vertraut
zieht eine Schnur die Bahn.

John Updike

Money

Money is such a treat.
It takes up so little space.
It takes no more ink
for the bank to print $ 9,998
than to print $ 1,001.
It flows, electronically;
it does not gather dust.
Like water, it (dis)solves everything.
Oceanic, it is yet as lucid
as a mountain pool; the depositor
can see clear to the sandy bottom.
It is ubiquitous and under pressure, yet
pennies don't drip from faucets.
Money is so tidy, so *neat*.

It is freedom in action: when you
give a twenty-buck bill to the cabbie,
you don't tell him how to spend it.
He can blow it on coke,
for all you care. All you care

John Updike

Geld

Geld ist so ein Glück.
Es nimmt nur wenig Platz weg.
Um 9998 Dollar zu drucken, braucht die Bank
nicht mehr Druckerschwärze,
als um 1001 Dollar zu drucken.
Geld fließt, elektronisch,
es zieht keinen Staub an.
Wie Wasser löst es alles (auf).
Ozeanisch ist es, und doch gläsern
wie ein Bergsee; beim Einzahlen
siehst du klar, bis auf den sandigen Grund.
Geld ist allgegenwärtig und steht unter Druck,
doch
Pennys tropfen nicht aus dem Hahn.
Geld ist so ordentlich, so nett, so *netto*.

Geld ist Freiheit des Handelns: Wenn du
dem Taxifahrer einen Zwanzig-Dollar-Schein
gibst,
sagst du ihm nicht, wie er das Geld ausgeben soll.
Er kann es für Koks verpulvern,
dir soll's egal sein. Nicht egal

about is your change. No wonder
the ex-Communists are dizzy. In
the old Soviet Union
there was nothing to buy,
nothing to spend. It was freedom
of a kind, but not our kind. We need
money, the dull electric thrill
when the automatic teller spits out
the disposable receipt.

ist dir dein Wechselgeld. Kein Wunder,
dass die Exkommunisten ausflippen: In
der alten Sowjetunion
gab's nichts zu kaufen,
nichts auszugeben. Das war Freiheit,
eine bestimmte, aber nicht unsere Sorte. Wir
brauchen
Geld, das dumpfe elektronische Surren,
wenn der Bankautomat das Bare,
die Quittung ausspuckt.

Marching Through a Novel

Each morning my characters
greet me with misty faces
willing, though chilled, to muster
for another day's progress
through the dazzling quicksand,
the marsh of blank paper.
With instant obedience
they change clothes and mannerisms,
drop a speech impediment,
develop a motive backwards
to suit the deed that's done.
They extend skeletal arms
for the handcuffs of contrivance,
slog through docilely
maneuvers of coincidence,
look toward me hopefully,
their general and quartermaster,
for a clearer face, a bigger heart.
I do what I can for them,
but it is not enough.
Forward is my order,
though their bandages unravel

John Updike

Durch einen Roman marschierend

Jeden Morgen grüßen mich
  meine Gestalten mit dunstigen Gesichtern,
willig, doch frierend, um eines weiteren Tages
  Fortschritt durchzustehen
im blendenden Treibsand
  der Marschen leeren Papiers.
Mit unverzüglichem Gehorsam
  wechseln sie die Kleidung und die Manierismen,
geben einen Sprachfehler auf,
  entwickeln rückgewandt ein Motiv,
zur Tat passend, die sie getan.
  Sie strecken Knochenhände aus
nach den Handschellen des raffinierten Einfalls,
  stapfen geduldig durch
die Manöver der Zufälle,
  schauen mich flehend an,
ihren General und Quartiermeister,
  klarere Züge, größeres Herz erhoffend.
Ich tue für sie, was ich kann,
  aber es ist nicht genug.
Vorwärts ist mein Befehl,
  obwohl sich ihre Verbände lösen

and some have no backbones
    and some turn traitor
like heads with two faces
    and some fall forgotten
in the trenchwork of loose threads,
    poor puffs of cartoon flak.
Forward. Believe me, I love them
    though I march them to finish them off.

und manche kein Rückgrat haben
und manche zu Verrätern werden
wie Köpfe mit zwei Gesichtern,
und manche fallen vergessen
in den Schützengräben loser Fäden,
arme Wölkchen der Cartoon-Flak.
Vorwärts. Glaubt mir, ich liebe sie,
wenn ich sie auch in Marsch setze,
um sie umzubringen.

John Updike

I Missed His Book, but I Read His Name

›The Silver Pilgrimage‹, by M. Anantanarayanan …
160 pages. Criterion. $ 3.95.
The New York Times

Though authors are a dreadful clan
To be avoided if you can,
I'd like to meet the Indian,
M. Anantanarayanan.

I picture him as short and tan.
We'd meet, perhaps, in Hindustan.
I'd say, with admirable *élan,*
»Ah, Anantanarayanan—

I've heard of you. The *Times* once ran
A notice on your novel, an
Unusual tale of God and Man.«
And Anantanarayanan

John Updike

Das Buch verpasst, doch den Namen gelesen

›The Silver Pilgrimage‹ von M. Anantanarayanan …
160 Seiten. Criterion Verlag. $ 3.95.
The New York Times

Dichter sind schon ein schlimmer Clan,
Man soll sie meiden, wo man kann,
Bis auf einen indischen Mann,
M. Anantanarayanan.

Ich träf ihn gern in Hindustan
Bei ihm zuhaus und sagte dann,
Und das beschwingt und voll *Elan,*
»Ach, Anantanarayanan –

Ihr Name, ja, der tat's mir an,
Seit in der *Times* von Ihr'm Roman,
Ich las, der sich auf Gott besann.«
Und Anantanarayanan

Would seat me on a lush divan
And read his name—that sumptuous span
Of »a«s and »n«s more lovely than
»In Xanadu did Kubla Khan«—

Aloud to me all day. I plan
Henceforth to be an ardent fan
Of Anantanarayanan—
M. Anantanarayanan.

Böt Platz mir an auf dem Diwan,
Säng sein *a* und sein *n* alsdann,
Ein Klang, da reicht nicht mal heran
»In Xanadu einst Kubla Khan« –

Und wenn's am Abend wär getan,
Säß ich dort als glühender Fan
Von Anantanarayanan –
M. Anantanarayanan.

In Switzerland

First thing to do in Zurich
is take the No. 5 »Zoo« trolley
to the end of the track,
and get off. Been warned about
the lions. How their roars
carry over from the zoo compound
to the Fluntern Cemetery.
Where I walk along
the very beautiful path
to James Joyce's grave.
Always the family man, he's here
with his wife, Nora, of course.
And his son, Giorgio,
who died a few years ago.
Lucia, his daughter, his sorrow,
still alive, still confined
in an institution for the insane.
When she was brought the news
of her father's death, she said:
What is he doing under the ground, that idiot?

Raymond Carver

In der Schweiz

In Zürich nimmt man am besten als Erstes
die Tram Nr. 5 in Richtung Zoo
und steigt an der Endstation
aus. Bin vor den Löwen
gewarnt worden. Dass ihr Brüllen
von dem Gelände des Tierparks
bis zum Friedhof Fluntern hinüberschallt.
Dort schreite ich über
einen sehr gepflegten Weg
zu dem Grab von James Joyce.
Als Mann mit ausgeprägtem Familiensinn findet
  man ihn
selbstverständlich auch hier in Begleitung seiner
  Frau Nora.
Und seines Sohnes Giorgio,
der vor einigen Jahren starb.
Lucia, seine Tochter, sein Leid,
noch immer am Leben, noch immer
in einer Irrenanstalt weggesperrt.
Als man ihr die Nachricht von dem Tod
des Vaters überbrachte, sagte sie:
Was macht er denn unter der Erde, der Idiot?

When will he decide to come out?
He's watching us all the time.
I lingered a while. I think
I said something aloud to Mr. Joyce.
I must have. I know I must have.
But I don't recall what,
now, and I'll have to leave it at that.

A week later to the day, we depart
Zurich by train for Lucerne.
But early that morning I take
the No. 5 trolley once more
to the end of the line.
The roar of the lions falls over
The cemetery, as before.
The grass has been cut.
I sit on it for a while and smoke.
Just feels good to be there,
close to the grave. I didn't
have to say anything this time.

Wann gedenkt er endlich rauszukommen?
Er beobachtet uns doch die ganze Zeit.
Ich verweilte einige Augenblicke an seinem Grab.
Ich glaube mich zu erinnern,
dass ich Mr. Joyce etwas gesagt habe, mit lauter Stimme.
Ganz bestimmt. Ich weiß, dass ich etwas gesagt haben muss.
Aber was, weiß ich nicht mehr,
also muss ich's dabei bewenden lassen.

Eine Woche später, auf den Tag genau, verlassen wir
Zürich mit dem Zug in Richtung Luzern.
Aber an jenem frühen Morgen nehme ich
noch einmal die Tram Nr. 5
und fahre bis zur Endstation.
Noch immer hallt der Friedhof
vom Brüllen der Löwen wider.
Das Gras ist gemäht worden.
Ich setze mich auf den Rasen und rauche.
Zufrieden, dort zu sein,
in der Nähe des Grabes. Dieses Mal
hatte ich nichts zu sagen.

That night we gambled at the tables
at the Grand Hotel-Casino
on the very shore of Lake Lucerne.
Took in a strip show later.
But what to do with memory
of that grave that came to me
in the midst of the show,
under the muted, pink stage light?
Nothing to do about it.
Or about the desire that came later,
crowding everything else out,
like a wave.
Still later, we sit on a bench
under some linden trees, under stars.
Made love with each other.
Reaching into each other's clothes for it.
The lake a few steps away.
Afterwards, dipped our hands
into the cold water.
Then walked back to our hotel,
happy and tired, ready to sleep
for eight hours.

In jener Nacht versuchten wir uns im Glücksspiel
an den Tischen des Casinos im Grand Hotel am
Ufer des Vierwaldstättersees.
Besuchten nachher eine Strip-Show.
Doch was bedeutet die Erinnerung an das Grab,
die plötzlich in mir wach wurde
mitten während der Show
in dem rosa-gedämpften Scheinwerferlicht?
Ich konnte nichts damit anfangen.
Auch nicht mit der Lust, die nachher in mir aufstieg
und alles andere verdrängte
wie eine Woge.
Später sitzen wir auf einer Bank
unter den Linden, unter den Sternen.
Liebten uns.
Suchten die Liebe mit unseren Händen unter den Kleidern.
Der See nur wenige Schritte entfernt.
Tauchten unsere Hände danach
ins klare Wasser.
Gingen zu unserem Hotel zurück,
glücklich und müde, bereit
acht Stunden zu schlafen.

All of us, all of us, all of us
trying to save
our immortal souls, some ways
seemingly more round-
about and mysterious
than others. We're having
a good time here. But hope
all will be revealed soon.

Wir alle, wir alle, wir alle
versuchen unsere
unsterblichen Seelen zu retten, auf Wegen,
von denen einige anscheinend gewundener
und geheimnisvoller sind
als andere. Wir verleben
eine schöne Zeit hier. In der Hoffnung,
dass sich bald alles offenbaren wird.

Reading Something in the Restaurant

This morning I remembered the young man
with his book, reading at a table
by the window last night. Reading
amidst the coming and going of dishes
and voices. Now and then he looked
up and passed his finger across
his lips, as if pondering something,
or quieting the thoughts inside
his mind, the going
and coming inside his mind. Then
he lowered his head and went back
to reading. That memory
gets into my head this morning
with the memory of
the girl who entered the restaurant
that time long ago and stood shaking her hair.
Then sat down across from me
without taking her coat off.
I put down whatever book it was

Raymond Carver

Lesen im Restaurant

Heute Morgen erinnerte ich mich an den jungen
  Mann
mit seinem Buch, der gestern Abend lesend
an einem Tisch am Fenster gesessen hatte. Gele-
  sen hatte
mitten im Kommen und Gehen der Teller
und der Stimmen. Dann und wann blickte er
auf und fuhr mit dem Finger über
seine Lippen, als dächte er nach
oder als versuchte er seinen Gedanken
Einhalt zu gebieten, dem Kommen
und Gehen in seinem Kopf. Dann
senkte er sein Haupt und las
weiter. Diese Erinnerung
taucht heute Morgen in meinem Kopf auf
begleitet von der Erinnerung an
das Mädchen, das vor langer Zeit das Restaurant
betrat und ihr Haar schüttelte.
Sich zu mir an den Tisch setzte
ohne ihren Mantel abzulegen.
Ich legte das Buch beiseite, das

I was reading, and she at once
started to tell me there was
not a snowball's chance in hell
this thing was going to fly.
She knew it. Then I came around
to knowing it. But it was
hard. This morning, my sweet,
you ask me what's new
in the world. But my concentration
is shot. At the table next
to ours a man laughs and laughs
and shakes his head at what
another fellow is telling him.
But what was that young man reading?
Where did that woman go?
I've lost my place. Tell me what it is
you wanted to know.

ich gerade las, und sie begann sofort auf mich
  einzureden,
ließ mich wissen, dass auch
nicht die geringste Chance bestand,
dass dieses Ding fliegen würde.
Sie war sich sicher. Später sah ich es
auch ein. Aber es war
schwer. Heute Morgen, mein Liebling,
fragst du mich, was es Neues gibt
in der Welt. Aber meine Konzentration
ist hin. Am Tisch neben
uns sitzt ein Mann und lacht und lacht
und schüttelt den Kopf über das, was
ein anderer Kerl ihm erzählt.
Aber was hatte der junge Mann wohl gelesen?
Wohin war diese Frau gegangen?
Ich weiß nicht, wo ich stehengeblieben bin.
  Sag mir,
was du von mir wissen wolltest.

A Poem Not Against Songbirds

Lighten up, songbirds. Give me a break.
No need to carry on this way,
even if it is morning. I need more sleep.

Where were you keeping yourselves when I was
thirty?
When the house stayed dark and quiet all day,
as if somebody had died?

And this same somebody, or somebody else,
cooked a huge, morose meal for the survivors.
A meal that lasted ten years.

Go on, sweethearts. Come back in an hour,
my friends. Then I'll be wide awake.
You'll see. This time I can promise.

Ein Gedicht, das sich nicht gegen Singvögel wendet

Beruhigt euch, ihr Singvögel. Verschont mich mit
eurem Gesang.
Erspart mir das Theater,
es ist schon Morgen. Doch ich brauche mehr
Schlaf.

Wo habt ihr euch herumgetrieben, als ich dreißig
war?
Als das Haus den ganzen Tag dunkel und still blieb,
als ob jemand gestorben wäre?

Und als eben dieser Jemand, oder auch jemand
anderes,
ein schweres, verdrossenes Essen für die Über-
lebenden kochte.
Ein Essen, das zehn Jahre dauerte.

Los, meine Lieben. Kommt in einer Stunde
wieder,
meine Freunde. Dann werde ich hellwach sein.
Ihr werdet sehen. Diesmal kann ich es versprechen.

INGRID NOLL

Altweibersommer

Septembergold
Und neuer Wein.
Ich hab' gwollt
Es wär aus Stein,
Mein Herz aus Gold.

Oktoberrot
Und Hasenjagd.
Die Liebe tot.
Die Leiche fragt
Nach Lippenrot.

Novembergrau,
Die Toten ruhn.
Mein Haar wird grau.
Ich färb es nun:
Altweiberblau.

Urs Widmer

Weihnachten

Es sprach der Ochs zum Es:
wie lieb er trinkt, der Jes.
Auch wir woll bisschen prostern
so bis so gegen Ostern.

Die Tier im heilig Stall
griff froh zur Flaschen all.
Wed Es noch Ochs warn schüchtern.
Mar, Jos und Jes blieb nüchtern.

Jes schlief, Mar träumt, doch Jos
schaut auf sein Frau ziem bos.
Der Es sagt: Jos, übs Jahr
hast du vergess wies war.
Dann weihnacht es schon wieder
und du sing Weihnachtslieder.

NIKLAUS MEIENBERG

Beständigkeit

Unter dem Pont Mirabeau
Fließt die Seine und unsre Liebe
Was soll ich mich erinnern
Nach den Schmerzen kam die Lust

Kommt die Nacht schlägt die Stunde
Die Tage vergehn ich bleibe bestehn

Hand in Hand stehn wir uns gegenüber
Und unter unsern Armen dieser Brücke
fließt die Welle ach wie müd
von unsern ewigen Blicken

Die Liebe geht wie dieses fließend Wasser
die Liebe vergeht
Wie ist das Leben langsam
Und die Hoffnung sehr gewaltsam

Kommt die Nacht schlägt die Stunde
Die Tage vergehn ich bleibe bestehn

Vergehn die Tage und vergehn die Wochen
Kommt nicht die vergangne Zeit
noch kommt unsre Liebe wieder
Unter dem Pont Mirabeau
fließt die Seine

Kommt die Nacht schlägt die Stunde
Die Tage vergehn ich bleibe bestehn

Niklaus Meienberg

Elegie über den Zufall der Geburt

Für Blaise Cendrars

Das zufällige Land
Wo ich der Mutter entfiel
Ausgestoßen abgeschnitten eingewickelt
im Mutterland
der befleckten Empfängnis
O mein Heimatland
O mein Vaterland
Mit dem Muttermal
Der motherfucker
Weshalb z.B. nicht in Corpus Christi
Auch Thule wäre
ein möglicher Ort
Ultima Thule
Weshalb ließ sie mich
in diese Falle fallen
Zwischen Zwetschgenköpfe
Ins unerhörte Zwitscherland
Gelandet durch Zufall
in diesem Nichtland
Wo die Spitzbäuche die Rundköpfe bespitzeln

abgesondert
auf diesen fleißigen Fleck
diesen sauren Landstrich
Hominid
Unter Hominiden

Weshalb nicht ausgebrütet
in Feuerland Apulien Sierra Leone
Weshalb in diesem Rentnernationalpark
Im Binnenland das an seiner Vergangenheit
lutscht
Weshalb nicht empfing sie mich im Kreuz des
Südens
statt unter diesem unempfänglichen bleichen
Kreuz
zu dem sie täglich kriechen
Warum nicht trug sie mich nach Massachusetts
bevor ich ausgetragen war
Oder British Columbia wo die Ebene glänzt
Oder staatenlose Meergeburt
Auf der MS Tübingen
abgenabelt vor Neufundland
schaumgeboren salzgesegnet

oder brüllend erschienen
in einer Transatlantikconcorde
aber nicht der SWISSAIR

Weshalb hat sie mich
in diesem Loch geworfen
Wo Berge sich erheben
Wie Bretter vor dem Kopf

NIKLAUS MEIENBERG

Hôtels

Das Zimmer verwitwet
Jeder für sich
Neuer Mieter
monatlich

Der Patron hat Zweifel
wird man zahlen
ich dreh wie ein Kreisel
nichts zu prahlen

Der Lärm der Fiaker
mein hässlicher Nachbar
scharfer Tabaker
unüberriechbar

Madame Saphir
die hinkt und lacht
Mein Nachtgeschirr
Die Kummerfracht

Und alle zusammen
In dem Hôtel

verstehn zu reden
wie in Babel

Jeder verriegle
die Tür ich bitt
und bring seine einzige
Liebe mit

NIKLAUS MEIENBERG

Mitteilung an den Adel in Graubünden

Nina Nina komm zu mir
o wie sehn ich mich nach Dir
Leben ohne Dich ist Pein
Komm mein eigen ganz zu sein

Nichts gibt es auf dieser Welt
Was mich ganz zufrieden stellt
Deine Liebe nur allein
kann mir Licht & Trost verleihn

Nina o mein höchstes Gut
Nina gib Dein Fleisch und Blut
mir zur Speise und zum Trank
Dir sei ewig Lob und Dank

Sławomir Mrożek

Ile możliwości…

Założę urząd. W tym urzędzie
czterdzieści osób sobie siędzie –
żeby wykonać plan etatów,
skrzynkę najlepszych biurokratów.

Wtedy się zacznie. Na całego –
działalność ciała biurowego.
Nie biurokracja połowiczna,
lecz konsekwentna, pedantyczna.

Więc śnieg, ponieważ taki biały,
Wpiszemy w księgi pod »Nabiały«
i obok serów, jajek, mleka –
odważać będziem go na deka.

A ptaki takie, co śpiewają,
wszystkie wygnamy z granic kraju,
chyba że zmienią styl roboty,
śpiewając tylko co soboty.

Sławomir Mrożek

Wie viele Möglichkeiten…

Ich gründe ein Amt. In diesem Amt –
vierzig Personen insgesamt –
wird ausgebildet, in etlichen Raten,
ein Team der besten Bürokraten.

Dann wird sie richtig losgetreten –
die Arbeit der Büro-Athleten.
Kein bürokratisches Äquivalent,
sondern pedantisch, konsequent.

Der Schnee zum Beispiel, da so weiß,
bekommt als »Milchprodukt« den Preis
und wird – wie Käse, Eier und Sahne –
schnell umgerechnet in Dekagramme.

Die Vögel, die zu singen wagen,
werden wir aus dem Lande jagen,
außer, sie ändern ihre Arbeitsweise
und singen nur noch samstags – und leise.

Pinokia – tego chłopca z drzewa,
nie będę w bajce już opiewał,
lecz położywszy mu parafę,
zrobimy z niego małą szafę.

A każdy wierszyk, że ma rymy,
zaraz wysoko ocenimy
i chociaż pies go nawet nie zje,
wydrukujemy pod – Poezje.

Słońce, ponieważ także świeci,
więc niechaj w dziale – »Świeczki« – leci.
To sprawę bardzo nam uprości
w naszych raportach do zwierzchności.

Zaś baletnice, co nóżkami
fantazje, kreślą przed widzami,
zamętu by nie wprowadzały,
zakontujemy pod – »Pedały«.

Bo świat nasz musi być wyraźny
w książeczkach czystych i pokaźnych
i nawet serce, które bije,
zmagazynujem między kije.

Pinocchio – dieser Junge aus Holz,
wird nicht mehr meines Märchens Stolz,
sondern wir tun so, als wär' er krank,
und machen aus ihm einen kleinen Schrank.

Jedes Gedicht in gereimter Form
werden wir loben, und zwar enorm,
dann wird es – auch wenn es keinen juckt –
unter dem Titel »Poesie« gedruckt.

Die Sonne, als Leuchte seit je vorhanden,
soll in der Abteilung »Lampen« landen.
Das wird es uns sicher leichter machen,
denen zu berichten, die über uns wachen.

Den Tänzerinnen, die mit den Füßen
In der Luft Phantasien zeichnen müssen,
werden wir auch ein Etikett verpassen
und sie als »Pediküren« führen lassen.

So soll die Welt sein: transparent
in Büchern, die rein und opulent,
und selbst das Herz, das pocht und schlägt,
wird zwischen Schlägern abgelegt.

Korzyści wpłyną niezmierzone,
gdy wszystko będzie ustalone
z numerkiem swoim i przydziałem
w moim urzędzie doskonałym.

Bo siebie także, iż mam uszy,
policzę wtedy do geniuszy.

Die Nutzen werden nur so fließen,
wenn alle ihre Rollen wissen,
mit Schild versehen und Nummernband
von meinem idealen Amt.

Mich selbst – aufgrund meiner Anatomie –
werde ich einstufen als Genie.

JOHN IRVING

For Fitch, Retired

My retired neighbor's name is Fitch.
His lawn's become his thing.
Urging the last ant out of his grass,

he would, if younger, glue leaf to
branch, at birth, and tend to other
chaos. Like the imperfect symmetry

of his hedge. Like the pock-marks
in his sidewalk. Fitch considers
astro-turf, though he suspects it

doesn't come in small lots. A foot-
ball field, he hasn't. He tools
a modest plot. He appears evenings

in a mohair shawl, tilted by the wind
on his tidied porch. He is thinking
of places with no seasons. He feels

John Irving

Für Fitch, Rentner

Mein Nachbar ist Rentner und heißt Fitch.
Er lebt nur für seinen Rasen.
Auch die letzte Ameise verscheucht er daraus,

und klebte, wär er jünger, die Blätter
fest an den Ast: vom ersten Tag an gäb es kein
Chaos. Nicht die unvollkommene Symmetrie

seiner Hecke. Nicht die Pockennarben
im Gehsteig. Am liebsten hätte Fitch
Kunstrasen, aber er fürchtet, der ist

nicht in kleinen Stücken zu haben. Ein Fuß-
ballfeld hat er nicht. Er bestellt
einen bescheidenen Garten. Am Abend
erscheint er

auf gefegter Veranda, der Mohairschal
weht im Wind. Er sehnt sich nach einem Ort
ohne Jahreszeiten. Er spürt

(at this dark hour) empty for his maples. He hears—Hark!—a leaf crash in the night.

(zu dieser späten Stunde) die Erschöpfung der Ahornbäume. Da – horch! – stürzt ein Blatt nieder in der Nacht.

Otto Jägersberg

Drei Brillen

Meine drei Brillen
immer da
wo sie nicht
hingehören

Es sollte so sein
dass sie einsatzbereit
auf dem Tisch liegen
für jede Entfernung
eine

Manchmal such ich herum
drei Brillen auf der Nase
wo ist der Tisch

Otto Jägersberg

Secondhand

Langer Mantel solide
klassisch geschnitten
schwarzes schweres Tuch
tadellos verarbeitet
Passt

Ich drehe mich im Spiegel
perfekt
So einen Mantel wollte ich
schon lange

Als ich in die Taschen greife
fühl ich ein Tuch und ziehe
eine Hakenkreuzbinde
sorgfältig gefaltet
gebügelt

Erschrecken am Es
und Schock über meine Begeisterung
für den Mantel
und wie er passte
wie angegossen

Otto Jägersberg

Als Heiliger

schon vor der Geburt umstritten
Der Vater der König zweifelt
an der rechtmäßigen Entstehung
Meine Mutter lächelt nur
Das Feuer muss entscheiden

Mutter hat Eis in die Windel gepackt
für den Moment auf der glühenden Kochplatte
Als Wunder reichts
Und der Vater der König
fleht um Verzeihung

In der Folge regelmäßig
kleinere Wunder in gesicherter Nachbarschaft

Eigentlich wird durch Austrocknung Brot leichter
mir gelingt seine Gewichtszunahme über Nacht
Ein Nierenstein geht locker ab
Ein verwirrter Alter findet doch noch heim
Jemand gibt das Rauchen auf
Einer überlebt

Anstrengender die Hoffnung der Leute
auf richtige Lottozahlen zu erhalten

Die Anfälligkeit der Frauen für Unglücksfälle im
Haushalt
erfordert hohe Aufmerksamkeit
Kleinkinder nerven
Ich kann nicht überall sein

Doch hat die Arbeit auch schöne Seiten
Anerkennung tut gut

Keine Übertreibungen
Sachen die jeder kapiert
Elternliebe beachten
Familiensinn fördern
Treue belohnen
Augenmaß

Mit kleinen Wundern Schritt für Schritt
ein beliebter Heiliger werden
Eingebettet in der Region landestypisch
und den Versuchungen großer Wunder wider-
stehn

MICHAEL ONDAATJE

Translation of my Postcards

the peacock means order
the fighting kangaroos mean madness
the oasis means I have struck water

positioning of the stamp—the despot's head
horizontal, or ›mounted policemen‹,
mean political danger

the false date means I
am not where I should be

when I speak of the weather
I mean business

a blank postcard says
I am in the wilderness

Michael Ondaatje

Übersetzung meiner Postkarten

Pfauen bedeuten Ordnung
Wahnsinn die kämpfenden Kängurus
eine Oase bedeutet, dass ich auf Wasser
gestoßen bin

Plazierung der Briefmarke – der Kopf des
Despoten
quer geklebt oder ›berittener Polizist‹
bedeutet politische Gefahr

Das falsche Datum bedeutet, ich
bin nicht, wo ich sein sollte

Rede ich vom Wetter
bedeutet das Business

Eine leere Postkarte besagt
Ich bin in der Wildnis

7 or 8 Things I Know About Her— A Stolen Biography

The Father's Guns

After her father died they found nine guns in the house. Two in his clothing drawers, one under the bed, one in the glove compartment of the car, etc. Her brother took their mother out onto the prairie with a revolver and taught her to shoot.

The Bird

For a while in Topeka parrots were very popular. Her father was given one in lieu of a payment and kept it with him at all times because it was the fashion. It swung above him in the law office and drove back with him in the car at night. At parties friends would bring their parrots and make them perform what they had been taught: the first line from *Twelfth Night*, a bit of Italian opera, cowboy songs, or a surprisingly good rendition of Russ Colombo singing ›Prisoner of Love‹. Her father's parrot could only imitate the office typewriter, along

Michael Ondaatje

7 oder 8 Dinge, die ich über sie weiß – eine gestohlene Biographie

Die Waffen des Vaters

Nach dem Tod ihres Vaters fand man neun Waffen im Haus. Zwei in seinen Kommodenschubladen, eine unterm Bett, eine im Handschuhfach des Wagens usw. Ihr Bruder fuhr mit der Mutter und einem Revolver hinaus in die Prärie und brachte ihr das Schießen bei.

Der Vogel

Eine Zeitlang waren in Topeka Papageien sehr beliebt. Ihr Vater bekam einen statt eines Honorars und hatte ihn immer bei sich, weil es eben Mode war. Am Tage flatterte er hoch über ihm in der Kanzlei, und abends fuhr er im Wagen mit zurück. Auf Partys brachten Freunde ihre Papageien mit und ließen sie zeigen, was sie können: Die erste Zeile aus *Was ihr wollt*, ein paar Takte aus einer italienischen Oper, Cowboysongs oder eine bemerkenswert gute Imitation von Russ Colombo, wie er ›Prisoner of Love‹ singt. Der Papagei ihres Vaters

with the *ching* at the end of each line. Later it broke its neck crashing into a bookcase.

The Bread

Four miles out of Topeka on the highway—the largest electrical billboard in the State of Kansas. The envy of all Missouri. It advertised bread and the electrical image of a knife cut slice after slice. These curled off endlessly. »Meet you at the bread«, »See you at the loaf«, were common phrases. Aroused couples would park there under the stars on the open night prairie. Virtue was lost, »kissed all over by every boy in Wichita«. Poets, the inevitable visiting writers, were taken to see it, and it hummed over the seductions in cars, over the nightmares of girls in bed. Slice after slice fell towards the earth. A feeding of the multitude in this parched land on the way to Dorrance, Kansas.

First Criticism

She is two weeks old, her mother takes her for a drive. At the gas station the mechanic is cleaning the windshield and watches them through the glass. Wiping his hands he puts his head in the side window and says, »Excuse me for say-

konnte nur die Schreibmaschine im Büro nachmachen, mitsamt dem *ping* am Ende jeder Zeile. Später flog er gegen einen Bücherschrank und brach sich den Hals.

Das Brot

Am Highway vier Meilen außerhalb von Topeka – das größte Leuchtschild im Staate Kansas. Ganz Missouri war neidisch. Es war eine Brotreklame, und ein Messer schnitt unablässig von einem Laib Scheibe um Scheibe ab. »Wir sehen uns am Brot« oder »Treffen wir uns unterm Messer« waren geflügelte Worte. Verliebte Paare parkten dort unter den Sternen der nächtlichen Prärie. Mädchen verloren ihre Unschuld, »geküsst von jedem Jungen in Wichita«. Dichter, die unvermeidlichen Schriftsteller auf der Durchreise, fuhr man hinaus, um ihnen das Schild zu zeigen, summend wachte es über Verführungsszenen in den Autos und den Alpträumen der Mädchen im Bett. Brotscheibe um Brotscheibe fiel hernieder. Eine Speisung der Hungrigen in diesem ausgedörrten Land an der Straße nach Dorrance, Kansas.

Erste Kritik

Sie ist zwei Wochen alt, ihre Mutter fährt mit ihr spazieren. Der Tankwart macht die Scheibe

ing this but I know what I'm talking about—that child has a heart condition.«

Listening In

Overhear her in the bathroom, talking to a bug: »I don't want you on me, honey.« 8 a.m.

Self-Criticism

»For a while there was something about me that had a dubious quality. Dogs would not take meat out of my hand. The town bully kept handcuffing me to trees.«

Fantasies

Always one fantasy. To be travelling down the street and a man in a clean white suit (the detail of »clean« impresses me) leaps into her path holding flowers and sings to her while an invisible orchestra accompanies his solo. All her life she has waited for this and it never happens.

sauber und betrachtet sie dabei. Als er sich die Hände abwischt, steckt er den Kopf zum Seitenfenster herein und sagt: »Verzeihen Sie, aber ich weiß, wovon ich rede – das Kind hat's mit dem Herzen.«

Zuhören

Ich höre, wie sie im Bad mit einem Insekt spricht: »Schatz, ich will dich nicht auf meinem Körper.« 8 Uhr morgens.

Selbstkritik

»Eine Zeitlang, da war irgendwas Komisches an mir. Hunde wollten mir nicht aus der Hand fressen. Der größte Schläger der Stadt hat mich ständig mit Handschellen an Bäume gefesselt.«

Tagträume

Immer derselbe Tagtraum. Sie geht eine Straße hinunter, und ein Mann in einem frischen weißen Anzug (dass es ausdrücklich ein frischer Anzug ist, beeindruckt mich) tritt vor sie hin und überreicht ihr einen Blumenstrauß, und er singt für sie, begleitet von einem unsichtbaren Orchester. Ihr ganzes Leben wartet sie nun schon darauf, aber es geschieht nie.

Reprise

In 1956 the electric billboard in Kansas caught fire and smoke plumed into a wild sunset. Bread on fire, broken glass. Birds flew towards it above the cars that circled round to watch. And last night, past midnight, her excited phone call. Her home town is having a marathon to benefit the symphony. She pays $ 4 to participate. A tuxedoed gentleman begins the race with a clash of cymbals and she takes off. Along the route at frequent intervals are quartets who play for her. When they stop for water a violinist performs a solo. So here she comes. And there I go, stepping forward in my white suit, with a song in my heart.

Reprise

Im Jahr 1956 brannte das Leuchtschild in Kansas ab, und Rauch stieg in den dramatischen Abendhimmel. Brennendes Brot, berstendes Glas. Über den Autos, die das Schild umkreisten, zusahen, flogen Vögel. Und gestern Abend, nach Mitternacht, ihr aufgeregter Anruf. Ihre Heimatstadt organisiert einen Marathonlauf, eine Benefizveranstaltung für die Symphonie. Sie zahlt vier Dollar Meldegebühr. Ein Herr im Abendanzug gibt das Startsignal mit einem Beckenschlag, und sie läuft los. Am Weg in kurzen Abständen Quartette, die für sie spielen. Wenn die Läufer stehen bleiben, um Wasser zu trinken, spielt ein Geiger ein Solo. Da kommt sie also. Und da bin ich, trete vor in meinem weißen Anzug, im Herzen ein Lied.

Jörg Fauser

Berlin, Paris, New York

Ich habe große Städte gesehen
und habe die großen Städte immer geliebt,
ihre Frauen, ihre Bars, ihre
Dämmerungen vor dem Gebrüll
der Maschinen und dem Sturm
auf die Bastille,

Berlin, Paris, New York,
eine Straßenecke in Schöneberg
erregt mich tiefer
als der Schnee
auf dem Mont Blanc
oder die Wälder
im Untertaunus,

ich habe die Schönheit gesehen
von großen Städten, den Glanz
ihrer Avenuen, das Elend
der Massen und die Vernichtung
von Einzelnen,

ich habe die großen Städte geliebt
und ich liebe sie auch
in ihrem Verfall,

es sind nicht die großen Städte,
die die Menschen zerstören,
sondern die Gesetze,
die das Menschliche nicht formen,
sondern ersticken,

ich wurde von den großen Städten geformt,
was ich sah, was ich litt, was ich wurde
verdanke ich einer Mutter aus Stein,
der großen Stadt,
und morgen, wenn meine Zeit vorbei ist,
wird es die große Stadt sein
die mich begräbt.

Jörg Fauser

Hotel Avenir

Die Blonde im grünen Tüll
zieht sich die Lippen nach
und sagt, sie hat
das Leben satt.

Sanft wie ein alter Schlager
rieselt der Schnee
über die Normandie

und dem Schaum auf meinem Bier
hat die letzte Flut
seine Krone gesetzt.

Der Poet ist ein Lumpensammler,
er kommt mit den Abfällen aus
wie die Ratte und der
Schakal,

aber für Blondinen mit Liebeskummer
ist das Leben ein einziges
déjà vu:

die ewig knarrende Tür,
die Laufmaschen in den teuren Strümpfen,
der Mann, der sich umdreht
und einschläft,

indes die Laster
über die neue Straße
am Hotel Avenir vorbei
nach Paris brausen.

Mais hélas, que faire! Sie klappt
die Puderdose zu und lächelt
den Poeten an. Mag er
Lumpensammler sein!
Er ist doch auch
ein Mann.

Jörg Fauser

Liebesgedicht

Als wir uns liebten,
liebten wir uns selbst nicht.

Als wir uns den Krieg erklärten,
gaben wir uns schon verloren.

Als wir geschlagen waren,
bemühten wir die Geschichte.

Als wir allein waren,
übertönten wir sie mit Musik.

Als wir uns trennten,
blieben wir am gleichen Ort.

So lagen wir uns bald wieder in den Armen
und nannten es ein Liebesgedicht,

aber kein Liebesgedicht erklärt uns
die Angst vor der Liebe,

und warum der Himmel so blau war
als wir uns trafen,

und warum er immer noch blau sein wird
wenn wir sterben werden,

du für dich,
ich für mich.

White

For one who drowned:
this page, as if
thrown out to sea
in a bottle.

So that
even as the sky embarks
into the seeing of earth, an echo
of the earth
might sail toward him,
filled with a memory of rain,
and the sound of the rain
falling on the water.

So that
he will have learned,
in spite of the wave
now sinking from the crest
of mountains, that forty days
and forty nights
have brought no dove
back to us.

Paul Auster

Weiß

Für einen Ertrunkenen:
dies Blatt, gleichsam
in einer Flasche aufs
Meer geworfen.

Sodass,
wenn der Himmel die Schiffsreise
zum Gesicht der Erde antritt, ein Echo
der Erde
ihm entgegen segeln kann,
gefüllt mit einer Erinnerung an Regen
und das Prasseln der Tropfen
auf dem Wasser.

Sodass
er trotz der jetzt vom Kamm
der Berge sinkenden Woge
erfahren haben wird, dass vierzig Tage
und vierzig Nächte
keine Taube uns zurückgebracht
haben.

Narrative

Because what happens will never happen,
and because what has happened
endlessly happens again,

we are as we were, everything
has changed in us, if we speak
of the world
it is only to leave the world

unsaid. Early winter: the yellow apples still
unfallen
in a naked tree, the tracks
of invisible deer

in the first snow, and then the snow
that does not stop. We repent
of nothing. As if we could stand
in this light. As if we could stand in the silence
of this single moment

of light.

PAUL AUSTER

Erzählung

Da, was geschieht, nie geschehen wird,
und da, was geschehen ist,
endlos von neuem geschieht,

sind wir, wie wir waren, hat alles
in uns sich geändert, wenn wir
von der Welt sprechen,
so nur, um die Welt ungesagt

zu lassen. Frühwinter: die gelben Äpfel noch
ungefallen
in einem kahlen Baum, die Fährten
unsichtbarer Rehe

im ersten Schnee, und dann
der Schnee, der nicht aufhört. Wir bereuen
nichts. Als ob wir in diesem Licht
stehen könnten. Als ob wir in dem Schweigen
diesen einen lichten Augenblicks

stehen könnten.

IAN MCEWAN

Or Shall We Die?

ONE

WOMAN
Midsummer … midnight.
I left my daughter sleeping and climbed
the hill behind our house to watch the sky.

The bright swarm of the Milky Way.
What stars! What simple joy to see and name
them.
I found Orion, Pleiades, the Kids.

A nightjar sang. In the house below
my daughter slept. By her window was a tree.
A fresh wind stirred its leaves. My joy
engulfed the house, the land on which it lay,
the dome of infinite stars.

Ian McEwan

Oder müssen wir sterben?

EINS

FRAU
Mittsommer … Mitternacht.
Ich ließ die Tochter schlafen und stieg
den Hang hoch hinterm Haus, den Himmel
anschaun.

Die Milchstraße ein heller Schwarm.
Diese Sterne! Sie sehen und nennen, welch
schlichtes Glück.
Ich fand den Orion, die Zwillinge, die Pleiaden.

Ein Nachtschwalm sang. Drunten im Haus
schlief meine Tochter. Vor ihrem Fenster stand
ein Baum.
Ein frischer Wind fuhr durch sein Laub. In
meinem Glück
ertrank das Haus, das Land, auf dem es ruhte,
der Dom unzähliger Sterne.

And even now, as I sit upon the grass,
across the world, in buried places,
sleepless men wait at consoles and watch
the patient sweep of scanners for a sign of
penetration,
male virgins, deathmasks in the greenish light.

They and their masters have taken into custody
our lives, all life, my daughter, the nightjar,
the grass beneath my hands.

They and their enemies are men alike;
our enemy is their innocence.

How shall I reconcile this summer's night
with the troubled dreams of all my friends,
with a daughter in a book, dying
in her mother's arms, the dread in every voice?

My daughter, deep love breeds fear of loss.
I look back towards the house.

Ich sitze hier im Gras: zur selben Zeit,
überall in der Welt, vergraben,
spähen Männer ohne Schlaf im geduldigen
Kreisen des Suchstrahls
nach dem Signal für den feindlichen Vorstoß,
männliche Jungfrauen, Totenmasken im grünlichen Licht.

Sie und ihre Herren halten in Gewahrsam
unser, alles Leben, meine Tochter und den
Nachtschwalm,
das Gras in meinen Händen.

Männer sie wie ihre Feinde;
unser Feind ist ihre Unschuld.

Wie soll ich diese Sommernächte versöhnen
mit den schweren Träumen meiner Freunde,
mit der Tochter, von der ich las, die in den
Armen
ihrer Mutter starb, mit der Angst in jeder
Stimme?

Ach Tochter, tiefe Liebe weckt Furcht vor dem
Verlust.
Ich schaue zum Haus zurück.

My heart, and the night's heart, are racing,
as though our world has held its breath
too long, too long.

TWO

CHORUS

On distant stars the laws of mathematics hold.
The velocity of light is constant.

MAN

On countless lonely planets intelligent life
evolves, observes and measures the universe,
questions its beginnings, and discovers at last
by theory and by observation the power
locked in matter that causes suns to burn
for near eternity.

CHORUS

Matter and energy, body and spirit,
the benevolent unity, so simple to intuit,
so difficult to sift.

MAN

On countless planets that power locked in
matter is traced to larger patterns,
the measurements resume in wonder.

Mein Herz und das Herz der Nacht, sie rasen,
als halte die Welt den Atem an,
  zu lang, zu lang.

ZWEI

CHOR
Sternenfern gilt mathematisches Gesetz.
Die Lichtgeschwindigkeit ist unveränderlich.

MANN
Auf zahllosen Planeten entwickelt sich
intelligentes Leben, beobachtet und misst das All,
fragt nach dem Ursprung, und entdeckt zuletzt
durch Theorie und Anschauung die Kraft,
in Masse eingesperrt, die Sonnen brennen lässt
fast bis in Ewigkeit.

CHOR
Masse und Energie, Körper und Geist,
die wohltätige Einheit, so leicht zu erahnen,
so schwer zu schneiden.

MANN
Auf zahllosen Planeten wird die Kraft, in Masse
eingesperrt, zurückverfolgt auf größere Muster,
die Messungen münden in Erstaunen.

But lesser forms, intent on conquest,
helplessly construct the means of their
destruction,
and then must face a simple test of wisdom.

CHORUS
Shall we pass, or shall we die?

THREE

MAN
Our load was heavy, the aircraft slow to lift.
The night turned grey, then palest pink.
The unblemished ocean softened in the morning
haze.

CHORUS
The aircrew kneels before the priest.
With God's blessing we deliver this bomb.

MAN
Two hundred miles ahead the weather plane
circled our target. We heard its message—
cloud cover less than three-tenths.

Aber geringere Formen, versessen auf Eroberung,
bauen sich hilflos die Mittel ihres Untergangs.
Sie stehen vor einer simplen Prüfung ihrer Weisheit.

CHOR
Bestehen wir sie oder müssen wir sterben?

DREI

MANN
Unsere Ladung war schwer, das Flugzeug hob mühsam ab.
Die Nacht wurde grau, dann blasses Rosa.
Der makellose Ozean lag weich im Morgendunst.

CHOR
Die Mannschaft kniet vorm Priester nieder.
Mit Gottes Segen lösen wir die Bombe aus.

MANN
Zweihundert Meilen vor uns kreiste der Aufklärer
über dem Ziel. Wir hörten seine Meldung
– Bewölkung unter drei Zehntel.

At the appointed time we began our ascent.

CHORUS
Our God is manly! In war he refuses us nothing!

MAN
The city below, its river and its tributaries
Resembled an outstretched hand.
We shed our burden, our heavy burden,
and turned for home.

CHORUS
Refuses us nothing. Nothing. Nothing.

FOUR

MAN
Our minds are clear of all emotion.

CHORUS
Pure thought alone describes the universe.

Zur vorgesehenen Zeit setzten wir an zum Steigflug.

CHOR
Unser Gott ist mannhaft! Im Krieg verwehrt er uns nichts!

MANN
Die Stadt unter uns, mit ihrem Strom und seinen Zuflüssen,
glich einer ausgestreckten Hand.
Wir befreiten uns von unserer Last, der schweren Last,
und wendeten zur Heimkehr.

CHOR
Verwehrt uns nichts. Nichts. Nichts.

VIER

MANN
Unser Geist ist von Gefühlen ungetrübt.

CHOR
Reines Denken allein beschreibt das All.

MAN
Freely elected, chosen by the people,
we are the makers of laws.

CHORUS
Diligent, logical, disciplined men.

MAN
In our sure hands the security of the State.

CHORUS
The defence of order, freedom, property,
sovereignty, the aspirations of the people.

MAN
Whom we serve.

CHORUS
Whom we lead.

MAN
Secrecy is essential when decisions
weigh heavy on the men of State.
The weak-hearted, the effeminate, the disloyal
must know nothing.

MANN

In freier Wahl vom Volk bestimmt
sind wir die Stifter der Gesetze.

CHOR

Männer der Pflicht, der Logik, der Disziplin.

MANN

In unseren festen Händen liegt die Sicherheit des
Staats.

CHOR

Der Schutz von Ordnung, Freiheit, Eigentum,
die Staatshoheit, des Volkes Hoffnungen.

MANN

Dem wir dienen.

CHOR

Das wir führen.

MANN

Geheimhaltung ist wesentlich, wenn Entscheidungen
schwer auf staatsmännischen Schultern lasten.
Wer kleinmütig, weibisch, abtrünnig ist,
darf nichts erfahren.

CHORUS
The juries are pricked, the rule of law prevails.

MAN
The enemy incites the traitors in our midst.

CHORUS
Dissidents, extremists, beware!
The rule of law prevails!

FIVE

WOMAN
All night I searched for my daughter.
At dawn a neighbour told me
she had seen her by the river,
among the dead and dying.

I heard her voice calling Mother, Mother,
and I went towards the sound.
My child was completely burned.
The skin had come off her head,
leaving a knot of twisted hair.

CHOR
Die Geschworenen sind bestellt, der Rechtsstaat
setzt sich durch.

MANN
Der Feind ermuntert die Verräter unter uns.

CHOR
Abweichler, Extremisten, seht euch vor!
Der Rechtsstaat setzt sich durch!

FÜNF

FRAU
Die ganze Nacht suchte ich nach meiner
Tochter.
Frühmorgens sagte mir die Nachbarin,
sie hätte sie gesehen am Fluss,
unter den Toten und Sterbenden.

Ich hörte ihre Stimme: Mutter, Mutter,
und lief auf das Rufen zu.
Mein Kind war am ganzen Leib verbrannt.
Die Haut hatte sich vom Kopf gelöst
bis auf ein Knäuel wirren Haars.

My daughter said, Mother, you're late, so late,
please take me back. It hurts, it hurts.
Please take me home. But there were no homes,
no doctors, there was nothing I could do.

I covered up her naked body and held her
in my arms for seven hours.
Late at night she cried out again, Mother,
Mother, and put her arm around my neck,
her small cold arm.

I said, Please say Mother again.
But that was the last time.

CHORUS
When the stars threw down their spears,
And water'd heaven with their tears,
Did He smile His work to see?
Did He who made the Lamb make thee?

SIX

MAN
Two great nations marshal their allies
and prepare for war. Two great nations,

Meine Tochter sagte, Mutter, du kommst spät,
so spät,
Bitte bring mich weg. Es tut weh, es tut weh.
Bitte bring mich nach Haus. Aber es gab keine
Häuser,
keine Ärzte, ich war machtlos.

Ich deckte ihren nackten Leib zu und hielt sie
in meinen Armen sieben Stunden lang.
Spät nachts rief sie wieder, Mutter,
Mutter, und legte mir den Arm um den Hals,
ihren dünnen, kalten Arm.

Ich sagte, Bitte sag noch einmal Mutter.
Aber es war das letzte Mal gewesen.

CHOR

Als die Sterne ihre Speere senkten,
Das Himmelszelt mit Tränen tränkten,
Freute Er Seines Werkes sich?
Schuf Er, Der schuf das Lamm, auch dich?

SECHS

MANN

Zwei große Nationen sammeln ihre Verbündeten
und rüsten sich zum Krieg. Zwei große Nationen,

born of revolutions, of compassionate visions
of a world made new, made good
in freedom and in justice.
Not granted by God to Kings,
but made afresh by men.

WOMAN
Ist he world redeemed
by shifts of power among the men?

MAN
Here one nation stands jailer to its people's minds,
here the other ransacks the globe, a freedom
sustained by greed. The names of Lenin and Jefferson
are mouthed, the visions are forgotten.
The State appoints its enemies,
bureaucracies propound its simple lies.
The allies, fawning or coerced, take sides.
The cult of weaponry taints every mind,
derides compassion, distorts all relation.

War is urged by governements in the name of the people.

aus Revolutionen geboren, aus hochherzigen
Idealen
von einer neu und gut geschaffenen Welt
in Freiheit und Gerechtigkeit.
Nicht Königen von Gott verliehen,
sondern von Menschen neu errichtet.

FRAU
Wird die Welt erlöst
durch Machtwechsel unter Männern?

MANN
Hier hält eine Nation das Denken ihres Volks
in Gefangenschaft,
hier plündert die andere den Erdball, eine Freiheit
von der Gier genährt. Die Namen von Lenin und
Jefferson
sind in aller Munde, die Ideale vergessen.
Der Staat ernennt sich seine Feinde,
Behörden verlautbaren seine einfältigen Lügen.
Die Verbündeten, beflissen oder erpresst, nehmen
Aufstellung.
Der Waffenkult vergiftet alles Denken,
verlacht das Mitgefühl, verzerrt jede Beziehung.

Im Namen des Volkes drängen die Regierungen
auf Krieg.

WOMAN
Shall we always be fooled by these ancient lies?
Who is my enemy? Who is the enemy of my
  child?

CHORUS
We shall crush you lest we shall be crushed.

SEVEN

WOMAN
Midsummer … two hours before dawn,
in the house below my husband and daughter
  sleep.
The stars fade, the moon has risen,
derided womanly moon who longs to be
our emblem in this manly world.

Grieving moon, do our virile times
suggest to you the metaphor of rape,
the conquest of nature, the slaughter of species,
the burning of forests, the poisoning of ocean
  and air,
the tyranny of scale, the weapons, the weapons.

FRAU
Lassen wir uns auf ewig narren von diesen
uralten Lügen?
Wer ist mein Feind? Wer ist der Feind meines
Kindes?

CHOR
Wir zermalmen euch, auf dass ihr uns nicht zermalmt.

SIEBEN

FRAU
Mittsommer … zwei Stunden vor Morgengrauen,
drunten im Haus schläft mein Mann und meine
Tochter.
Die Sterne schwinden, der Mond geht auf,
verlachter Mond der Frauen, der so gern
in dieser Welt der Männer unser Zeichen wäre.

Trauernder Mond, weckt nicht unsere Zeit der
Männlichkeit
in dir das Bild von Vergewaltigung,
die Eroberung der Natur, die Abschlachtung der
Arten,
die Brandschatzung der Wälder, die Vergiftung
von Meer und Luft,
die Tyrannei der Maße, die Waffen, die Waffen.

MAN AND WOMAN

Our science mocks magic and the human heart,
our knowledge is the brutal mastery of the unknown.

CHORUS

Cruelty has a human heart,
And jealousy a human face;
Terror the human form divine,
And secrecy the human dress.

The human dress is forged iron,
The human form a fiery forge,
The human face a furnace sealed,
The human heart its hungry gorge.

WOMAN

Shall there be womanly times, or shall we die?
Are there men unafraid of gentleness?

Can we have strength without aggression,
without disgust,
strength to bind feeling to the intellect?

MANN UND FRAU
Unsere Forschung verspottet die Magie und das Menschenherz,
Unser Wissen ist Gewaltherrschaft über das Unbekannte.

CHOR
Die Grausamkeit hat ein Menschenherz,
Ein Menschengesicht hat der Neid,
Der Schrecken die göttliche Menschengestalt,
Die Verstellung trägt das menschliche Kleid.

Das Menschenkleid ist geschmiedetes Erz,
Die Menschengestalt eine Esse voll Glut,
Das Menschengesicht ein vermauerter Herd,
Sein hungriger Schlund ist das menschliche Herz.

FRAU
Schaffen wir eine Zeit der Frauen oder müssen wir sterben?
Gibt es Männer ohne Angst vor Zartheit?

Sind wir fähig zur Stärke ohne Zerstörungslust,
ohne Abscheu,
zu der Stärke, das Gefühl zu binden an den Verstand?

MAN AND WOMAN

The planet does not turn for us alone.
Science is a form of wonder, knowledge a form of love.
Are we too late to love ourselves?
Shall we change, or shall we die?

WOMAN

The moon lifts higher and brightens.
Only shadows point the way.

CHORUS

For Mercy has a human heart,
Pity a human face,
And Love, the human form divine,
And Peace, the human dress.

Then every man, of every clime,
That prays in his distress,
Prays to the human form divine,
Love, Mercy, Pity, Peace.

MANN UND FRAU
Die Erde dreht sich nicht für uns allein.
Forschung ist eine Art zu staunen, Wissen eine Art Liebe.
Ist es zu spät, uns selbst zu lieben?
Ändern wir uns oder müssen wir sterben?

FRAU
Der Mond steigt höher und hellt sich auf.
Nur Schatten weisen den Weg.

CHOR
Denn Gnade hat ein menschliches Herz,
Ein Menschengesicht das Mitleid,
Liebe trägt die göttliche Menschengestalt,
Und der Frieden das menschliche Kleid.

So betet denn jeder in jeglichem Land,
Der betet im Elend hienieden,
Zugleich zu der göttlichen Menschengestalt,
Zu Liebe, Gnade, Mitleid, Frieden.

Martin Suter

Was ich mag

Erster Gast in einem stillen,
weißgedeckten Restaurant.
Pinienschatten voller Grillen
neben menschenleerem Strand.

Kleine Hitze, Eisenguss,
Zwiebeln glasig werden lassen.
Kalter Cava, Zungenkuss,
Milchkaffee aus großen Tassen.

Morgens etwas liegenbleiben,
abends etwas überhocken.
Tage keine Zeile schreiben,
Schnee in großen, leichten Flocken.

Maßanzüge und Krawatten,
Gartenbeizen, Wurstsalat,
kurze Hosen, Hängematten,
no inclusions, zwei Karat.

Bloody Marys über Wolken,
kaltes, frischgezapftes Bier.
Milch von Ziegen, frisch gemolken,
und Gedichte (nicht von mir).

Martin Suter

Was ich nicht mag

Lederäpfel, Pfirsichhäute,
Trams, wo es nach Big Macs stinkt.
Ein paar ungenannte Leute,
Song, wenn Titanic versinkt.

Psychiatrie und Psychiater,
gleich ob heutig oder Freudsch.
Morgens auf mit einem Kater,
Rap, ob englisch oder deutsch.

Nachts in einem Einzelzimmer
irgendwo am Niederrhein.
Durch die Wand das Lustgewimmer
derer, die nicht so allein.

Betteln gehn um ein paar Franken
Kontoüberzugslimit
bei den Schnöseln alter Banken,
deren Ton ich mir verbitt.

Autofahren, Offiziere,
Boulevardpresse, Löschpapier.
Kalte Weine, warme Biere
und Gedichte (die von mir).

Martin Suter

Weiss nid was es isch

Gsehsch das dört obe?
Ganz wiit obe?
Ganz ganz chlii?
I weiss nid was es isch,
Aber das möcht i sii.

Weiss nid, was es isch,
Weiss nid, was es isch,
Weiss nid, was es isch,
Chas nid säge, was es isch.

Gspürsch das da inne?
Ganz tief inne?
Ganz, ganz schwär?
Weiss nid, was es isch,
Aber da chumi här.

Weiss nid, was es isch,
Weiss nid, was es isch,
Weiss nid, was es isch,
Weiss de niemer, niemer,
Niemer, was es isch?

Martin Suter

Weiß nicht, was es ist

Siehst du dort oben?
Ganz weit oben?
Ganz, ganz klein?
Weiss nicht, was es ist.
Aber das möcht ich sein.

Weiß nicht, was es ist.
Weiß nicht, was es ist.
Weiß nicht, was es ist.
Kann nicht sagen, was es ist.

Spürst du hier drinnen?
Ganz tief innen?
Ganz, ganz schwer?
Weiß nicht, was es ist.
Aber da komm ich her.

Weiß nicht, was es ist.
Weiß nicht, was es ist.
Weiß nicht, was es ist.
Weiß denn niemand,
Niemand, niemand, was es ist?

Ghörsch das dört usse?
Ganz wiit usse?
Ganz, ganz liis?
Weiss nid, was es isch,
Aber es isch, als wärs mis.

Weiss nid, was es isch,
Weiss nid, was es isch,
Weiss nid, was es isch,
Villich weisch du, was es isch.

Hörst du dort draußen?
Ganz weit draußen?
Ganz, ganz fern?
Weiß nicht, was es ist.
Aber dort wär ich gern.

Weiß nicht, was es ist.
Weiß nicht, was es ist.
Weiß nicht, was es ist.
Vielleicht weißt du, was es ist.

Déjeuner en Paix

J'abandonne sur une chaise
le journal du matin
les nouvelles sont mauvaises
d'où qu'elles viennent

J'attends qu'elle se réveille
et qu'elle se léve enfin
je souffle sur les braises
pour qu'elles prennent

Cette fois
je ne lui annoncerai pas
la dernière hécatombe
je garderai pour moi
ce que m'inspire le monde
elle m'a dit qu'elle voulait
si je le permettais
déjeuner en paix

PHILIPPE DJIAN

In Ruhe frühstücken

Ich lass die Zeitung von heute
auf einem Stuhl liegen
die Nachrichten sind schlecht
woher sie auch kommen

Ich warte bis sie erwacht
und endlich aufsteht
und puste auf die Glut
damit das Feuer fängt

Diesmal werde ich sie
über das letzte Gemetzel
nicht unterrichten
ich behalt's für mich
was ich von dieser Welt halte
sie hat mir gesagt sie möchte
wenn ich es bitte gestatte
in Ruhe frühstücken

je vais à la fenêtre
et le ciel ce matin
n'est ni rose ni honnête
pour la peine

»Est-ce que tout va si mal?
est-ce que rien ne va bien?
l'homme est un animal«
me dit-elle

Elle prend
son café en riant
et me regarde à peine
plus rien ne la surprend
sur la nature humaine
c'est pourquoi elle voudrait
enfin si je le permets
déjeuner en paix

Je regarde sur la chaise
le journal du matin
les nouvelles sont mauvaises
d'où qu'elles viennent

Crois-tu qu'il va neiger?
me demande-t-elle soudain
me feras-tu un bébé
pour noël?

Ich gehe bis ans Fenster
und der Himmel heute Morgen ist
weder rosa noch nett
für die Müh'

»Ist denn alles so schlimm?
ist denn nichts gut?
der Mensch ist ein Tier«
sagt sie mir

Sie trinkt
ihren Kaffee und lacht dabei
und beachtet mich kaum
nichts überrascht sie mehr
über das Wesen des Menschen
darum würde sie gerne
wenn ich es bitte gestatte
in Ruhe frühstücken

Ich setze mich hin
und lese die Zeitung von heute
die Nachrichten sind schlecht
woher sie auch kommen

Meinst du, es wird schneien
fragt sie mich plötzlich
machst du mir ein Baby
zu Weihnachten?

Patrick Süskind

Autors Jubiläumsängste

Jedes Jubiläum ist
auch verkürzte Gnadenfrist.
Jede Festschrift, letzten Ends,
angehaucht von Kondolenz,
und man stellt sich unwillkürlich
Fragen, die sind ungebührlich:

Keel und Bettschart sechzig – schön;
doch wie soll das weitergehn?
Wie steht's mit den Jubilaren
in fünfzehn, zwanzig, dreißig Jahren?
Wieder eine Festschrift? Gern.
Nur löst's nicht das Problem im Kern.
Was tun wir – diese Frage muss man sehen –
wenn Keel und Bettschart von uns gehn?

Letzte Festschrift. Meinetwegen.
(Ihnen auf das Grab zu legen.)
Eine letzte Rede halten
vor betretenen Gestalten,
Kronenhalle, Leichenschmaus,
verheerendes Besäufnis – aus!

Todesstille um uns her.
Kein Anruf: »Keel ...!« erreicht uns mehr.
Von Bettschart kommt nie mehr ein Scheck
für mich und für Wolf Wondratschek.
Was tut, wer Manuskripte hat?
Wer kümmert sich um Dürrenmatt?
Bleiben nun Diogenesen
ungedruckt und ungelesen?
Werden wir verramscht, vergessen,
von Bertelsmännern aufgefressen?
Sind erst Bettschart / Keel nicht mehr,
liest dann überhaupt noch wer?

Was geschieht mit all den Damen,
mit dem »-anna-« im Vornamen?
Bleibt der Sprecherstraßen-Bau?
Überlebt das ›Tiefenau‹?
Geht die Kronenhalle ein?
Wird Zürich dann noch Zürich sein?
Horrorfragen, Seelenbeben ... –
Nein, sie sollen ewig leben!

Doris Dörrie

Haikus

nachmittag im märz
über den weg vor mir
wackelt eine krähe

april in tokio
die welt betrunken
von kirschblüten

sogar mein schatten
hat gute laune
an diesem sommertag

hier, dicke wespe
nipp an meinem zwetschendatschi
süßer Sommer, bleib.

dunkel und winter –
da drüben mein nachbar
wie mag es ihm gehen?

ANTHONY MCCARTEN

The May Bride

Who has ever lost something in a May
as cold
as an egg is smooth as the head of a bald man
contemplating lifting his 65 kilo bride over the
   threshold?

Or have you smelt your love approaching
and it's stronger
than a muscle man is cold saying »I do« in
   church,
and he is very cold, and bald?

I tell you, I have smelt mine going and it's very
   heavy
and cold
as May is to all heads that resemble eggs
but it is pointless to pursue this.

Anthony McCarten

Die Maibraut

Wer hat je etwas verloren in einem Mai
so kalt
wie ein Ei glatt ist wie der Kopf eines Kahl-
köpfigen,
der überlegt, ob er seine 65-Kilo-Braut über die
Türschwelle tragen soll?

Oder hast du die Ankunft deiner Liebsten
gewittert
und die Liebe ist stärker
als ein Muskelmann kalt ist, wenn er in der
Kirche ja sagt,
und er ist sehr kalt und kahlköpfig?

Glaub mir, ich habe gewittert, wie meine ging,
und es ist sehr schwer
und kalt
so wie der Mai allen Eierköpfen vorkommt,
aber das bringt uns nicht weiter.

However, I might as well,
sensing a clarity smoother than you know what
or a lost lover's indentation on a white pillow
which is cold as a church in any month
and, »You shouldn't carry all those indentations
in the same basket,« advises the wife of the man
with muscles over the garden fence.

Simply,
the lifting of the 65 kilos
went smoothly as an egg,
and since those newly-weds moved in next door,
and you've gone like May on a cross-town bus
to an unheated church, I get about as much sleep
as an indentation is bald.

Doch könnte ich auch,
spürte ich eine Klarheit, die glatter ist als Du-
weißt-schon
oder die Delle, die eine verlorene Geliebte im
weißen Kissen hinterlässt
die kalt ist wie eine Kirche zwölf Monate im
Jahr,
und »Sie sollten nicht sämtliche Dellen in einen
einzigen Korb legen«
rät mir die Frau des Muskelmanns über den
Gartenzaun.

Kurz,
die 65 Kilo hoben sich
glatt wie ein Ei
und seit dies junge Paar nebenan eingezogen ist
und du fortgegangen bist wie der Mai im Bus
unterwegs
zur unbeheizten Kirche, bekomme ich ungefähr
so viel Schlaf
wie eine Delle kahl ist.

Anthony McCarten

The Undertaker's Quarters

All the girls do not like him yet one day
their bodies will be sent to him.

They think him ugly
but they will learn.

He works at night with a small light on
like a refrigerator,

preening the dead, tucking back flesh
with the hope it will not slip free tomorrow

when the daughter or husband or lover comes
to mutter »My God. Oh my God«, then turns
away

supported by a friend.
We know where he lives:

a private hotel. We see his bedroom window
is dirty,

ANTHONY McCARTEN

Wo der Leichenbestatter wohnt

Kein Mädchen mag ihn, aber am Ende
kommen sie doch alle zu ihm.

Sie finden ihn hässlich,
aber das gibt sich dann.

Er arbeitet nachts beim Schein eines Lämpleins
wie ein Kühlschrank,

putzt die Toten heraus, steckt die Haut fest
und hofft, dass am nächsten Tag noch alles hält,

wenn Tochter oder Gatte oder Liebhaber
  kommen,
ihr »Gott« murmeln und sich wieder abwenden,

auf Freund oder Freundin gestützt.
Wir wissen, wo er wohnt:

in einer kleinen Pension. Wir sehen sein Schlaf-
  zimmerfenster,
es ist schmutzig

like a client's glass eye he should clean
and the curtains are chillingly half open,

but there! Now! They close completely
with just a pass of his hand.

wie das Glasauge eines Klienten, das er putzen
sollte,
mit grausig weitaufgerissenen Vorhängen

doch da, plötzlich, werden sie *ritsch-ratsch* zu-
gezogen!

Arnon Grünberg

Er zijn nog

Er zijn nog boeken die ik moet lezen.
Er is nog een toneelstuk dat ik moet schrijven.
Er loopt nog een meisje dat ik moet kussen.
Dat begreep hij ook wel vanavond.
Hij heeft geknikt en een sigaret gedraaid.
Aantekeningen gemaakt op kladpapier.
Bij het weggaan heeft hij me geknepen en
gefluisterd dat hij over vijf jaar nog wel eens zou
komen kijken.

ARNON GRÜNBERG

Es gibt noch

Es gibt Bücher, die ich noch lesen muss.
Es gibt ein Theaterstück, das ich noch schreiben
muss.
Es gibt da ein Mädchen, das ich noch küssen
muss.
Das hat er heut Abend auch eingesehen.
Er hat genickt und sich eine Zigarette gedreht.
Sich Notizen gemacht.
Beim Rausgehen hat er mir die Schulter gedrückt
und
geflüstert, er käme in fünf Jahren noch mal
vorbei.

Arnon Grünberg

Schepper

Ik ben geen schepper.
Ik ben een bewaarder.
Ik steel uit de monden van mensen
en uit de mond
van het licht.

Arnon Grünberg

Schöpfer

Ich bin kein Schöpfer.
Ich bin Sammler.
Ich stehl aus den Mündern der Menschen
und aus dem Munde
des Lichts.

Ontmoeting

Twee mensen komen elkaar tegen.
Ze willen elkaar vernietigen.
Ze omarmen elkaar.
Ze bijten in elkaars huid.
Wij zijn het.
Ik ken de omhelzing van de armen die mijn
hoofd
willen samendrukken en verpletteren snel
voordat iemand anders het doet.
Ik ken ook de ogen die bij die armen horen.
Herschrijf de woordenboeken: elk woord is een
ander woord voor vernietiging.
Laten wij ze opnieuw herschrijven.
Kus mij.
Draden lopen uit in jouw armen.
Omarm mij.
Ik leg mijn hoofd op jou been.
Dat dit leven te kort is weet ik maar deze dagen
zijn
te lang.

Arnon Grünberg

Begegnung

Zwei Menschen begegnen sich.
Sie wollen einander vernichten.
Sie umarmen sich.
Beißen einander in die Haut.
Wir sind es.
Ich kenne die Berührung der Arme, die meinen Kopf
zerquetschen wollen und zermalmen – schnell, bevor jemand anders es tut.
Ich kenne auch die Augen, die zu den Armen gehören.
Schreib neue Wörterbücher: Jedes Wort ist ein anderes Wort für Vernichtung.
Lass sie uns von Grund auf erneuern.
Küss mich.
Fäden und Fasern enden in deinen Armen.
Umarme mich.
Ich leg meinen Kopf auf dein Bein.
Dass das Leben zu kurz ist, weiß ich, aber diese Tage sind
zu lang.

Arnon Grünberg

Al die mensen

Al die mensen die zeggen:
Je moet ophouden met die onzin, eindelijk ouder worden.
Zie je die gezichten.
Dat zijn nou gezichten van mensen die ouder zijn geworden.
Opgehouden met die onzin.

Arnon Grünberg

All die Leute

All die Leute, die sagen:
Hör auf mit dem Unsinn, werd endlich
erwachsen.
Siehst du die Gesichter?
Das sind nun Gesichter von Leuten, die
erwachsen geworden sind.
Aufgehört haben mit dem Unsinn.

Alphabetisches Verzeichnis nach Autoren

Joan Aiken
π in the Sky 248
Pi-kiertes Luftschloss 249
Hand Over 252
Hand aufs Herz 253
Alfred Andersch
Dichter-Lesung 182
Paris, 1. Mai 1977 181
Paul Auster
Narrative 334
Erzählung 335
White 332
Weiß 333
Samuel Becket
Arènes de Lutèce 164
Arènes de Lutèce 165
Dieppe 162
Dieppe 163
je vourdrais que mon amour meure 168
Ich möchte dass meine Liebe stürbe 169
Heinrich Böll
Für Samay 183
Meine Muse 184
Ray Bradbury
A Menu of Loves 210
Ein Liebesmenü 211
I Die So Dies the World 214
Sterbe ich, so stirbt die Welt 215
Raymond Carver
A Poem Not Against Songbirds 290
Ein Gedicht, das sich nicht gegen Singvögel wendet 291
In Switzerland 278
In der Schweiz 279
Reading Something in the Restaurant 286
Lesen im Restaurant 287
Raymond Chandler
Lines to a Lady with an unsplit infinitive 60
Lied auf eine Dame mit Sinn für Grammatik 61
Song at Parting 68
Taglied 69

Philippe Djian
Déjeuner en Paix 368
In Ruhe frühstücken 369
Doris Dörrie
Haikus 374
Friedrich Dürrenmatt
Dramaturgischer Rat 218
Ergreife die Feder müde 222
Meere 219
Schweizerpsalm II 225
Vor uns hintastend, Liebes 220
Mond 229
Kronenhalle 230
William Faulkner
Did I know love once? 118
Kannt ich die Liebe einst? 119
Portrait 120
Porträt 121
Jörg Fauser
Berlin, Paris, New York 326
Hotel Avenir 328
Liebesgedicht 330
F. Scott Fitzgerald
City Dusk 106
Großstadtmorgen 107
Lamp in a Window 110
Ein Licht im Fenster 111
On a Play Twice Seen 98
Ein zweimal gesehenes Stück 99
Rain Before Dawn 100
Regen vor Tagesanbruch 101
The Staying Up All Night 102
Das Die-ganze-Nacht-Durchmachen 103
Ford Madox Ford
The Small Philosophy 30
Die kleine Philosophie 31
In the Train 32
Im Zug 33
A Night Pice 38
Ein Nachtstück 39
Max Frisch
Auf der Welt sein… 178
Judith/Ein Monolog 179
Friedrich Glauser
Liebeslied 116
Sommer 117
Unregelmäßiges Sonett 114

Arnon Grünberg
Al die mensen 390
All die Leute 391
Er zijn nog 384
Es gibt noch 385
Ontmoeting 388
Begegnung 389
Schepper 386
Schöpfer 387
Ernest Hemingway
All armies are the same… 124
Eine Armee der anderen gleicht… 125
And everything the author knows… 126
Und alles, was der Autor weiß… 127
Chapter Heading 122
Motto für ein Kapitel 123
Patricia Highsmith
At dawn… 246
Im Morgengrauen… 247
A Toast 236
Ein Toast 237
Memory of you 232
Die Erinnerung an dich 233
Pretty Pictures 240
Hübsche Bilder 241
John Irving
For Fitch, Retired 308
Für Fitch, Rentner 309
Otto Jägersberg
Als Heiliger 314
Drei Brillen 312
Secondhand 313
James Joyce
Bahnhofstrasse 50
Bahnhofstrasse 51
What counsel has the hooded moon 48
Was hat dir der verkappte Mond 49
D. H. Lawrence
All-Knowing 58
Allwissend 59
Immorality 56
Immoralität 57
Intimates 54
Intime Freunde 55
To Women, as far as I'm concerned 52
Den Frauen – soweit es mich betrifft 53
Primo Levi
Dateci 204
Gebt uns 205
Scacci 206
Schach 207
Hugo Loetscher
An einer Straßenecke 264

Atlas 260
Drache im Central Park 265
Formular ID 263
Lindholm Hoje 262
MALCOLM LOWRY
After Publication of ›Under the Volcano‹ 172
Nach der Veröffentlichung von ›Unter dem Vulkan‹ 173
Delirium in Vera Cruz 174
Delirium in Vera Cruz 175
For the Love of Dying 170
Aus Liebe zum Sterben 171
Strange Type 176
Sonderbare Type 177
ANTHONY MCCARTEN
The May Bride 376
Die Maibraut 377
The Undertaker's Quarters 380
Wo der Leichenbestatter wohnt 381
CARSON MCCULLERS
Stone Is Not Stone 188
Stein ist nicht Stein 189
When We Are Lost 186
Wenn wir verloren sind 187
IAN MCEWAN
Or Shall We Die? 336
Oder müssen wir sterben? 337
KATHERINE MANSFIELD
Arrival 82
Ankommen 83
He wrote 78
Er hat geschrieben 79
Loneliness 84
Einsamkeit 85
Sleeping Together 70
Zusammen schlafen 71
The Quarrel 74
Der Streit 75
W. SOMERSET MAUGHAM
Lines 40
Verse 41
NIKLAUS MEIENBERG
Beständigkeit 294
Elegie über den Zufall der Geburt 296
Hôtels 299
Mitteilung an den Adel in Graubünden 301
HERMAN MELVILLE
Monody 24
Monodie 25

Sławomir Mrożek
Ile możliwości… 302
Wie viele Möglichkeiten… 303
Robert Musil
Die Hitze 45
Heimweh 44
Vladimir Nabokov
An Evening of Russian Poetry 130
Ein russischer Lyrikabend 131
Ingrid Noll
Altweibersommer 292
Frank O'Connor
I Shall Not Die 148
Ich sterbe nicht um deinetwillen 149
Michael Ondaatje
7 or 8 Things I Know About Her—A Stolen Biography 318
7 oder 8 Dinge, die ich über sie weiß – eine gestohlene Biographie 319
Translation of my Postcards 316
Übersetzung meiner Postkarten 317
George Orwell
Our Minds Are Married, But We Are Too Young 152
Im Geist ein Paar, doch zu jung für die Ehe 153
Poem About Prostitution 160
Gedicht über die Prostitution 161
The Lesser Evil 156
Das kleinere Übel 157
The Pagan 154
Heidnisch 155
Dorothy Parker
Experience 92
Erfahrung 93
General Review of the sex situation 90
Grundsätzliche Gedanken zum Thema Sex 91
News item 88
Pressemeldung 89
Résumé 86
Resümee 87
Joseph Roth
Kommentar zu Kant 96
Lobgedicht auf den Sport 94
Praktische Anwendung 95
Alan Sillitoe
Age 258
Alter 259
Poem Written on the Hereford Train 254

Gedicht, geschrieben im Zug nach Hereford 255
Travelling 256
Auf Reisen 257

Muriel Spark
Authors' Ghosts 190
Die Geister der Autoren 191
Dimmed-Up 202
Eingetrübt 203
Holidays 198
Ferien 199
Note by the Wayside 200
Randnotiz 201
On the Lack of Sleep 194
Schlafmangel 195

Robert L. Stevenson
My Bed is a Boat 28
Mein Bett ist ein Boot 29
The Land of Counterpane 26
Das Bettdeckenland 27

Patrick Süskind
Autors Jubiläumsängste 372

Martin Suter
Was ich mag 360
Was ich nicht mag 362
Weiss nid was es isch 364
Weiß nicht, was es ist 365

Henry David Thoreau
My life has been the poem 16
Mein Leben war das Gedicht… 17
The Summer Rain 18
Der Sommerregen 19

B. Traven
Das Tanzlied des Totenschiffes 47

John Updike
I Missed His Book, but I Read His Name 274
Das Buch verpasst, doch den Namen gelesen 275
Marching Through a Novel 270
Durch einen Roman marschierend 271
Money 266
Geld 267

Urs Widmer
Weihnachten 293

Alphabetisches Verzeichnis der deutschen Titel und Anfänge der Gedichte

7 oder 8 Dinge, die ich über sie weiß – eine gestohlene Biographie 319

Ach, hätten wir Erinnerungen heut 31
All die Leute 391
All die Leute, die sagen 391
All unser Wissen ist nichts 59
Allwissend 59
Als ich noch jung und töricht war 161
Als Heiliger 314
Als wir uns liebten 330
Alter 259
Altweibersommer 292
An einer Straßenecke 264
Ankommen 83
Arènes de Lutèce 165
Arme Welt, die ihr Verderben nicht weiß 215
Atlas 260
Auf der Welt sein 178
Auf die verlorene Sache, und den Fehlschlag 237
Auf philosophischen Fundamenten ruhn Kasernen – 95
Auf Reisen 257
Aus Liebe zum Sterben 171
Autors Jubiläumsängste 372

Bahnhofstrasse 51
Begegnung 389
Berlin, Paris, New York 326
Beruhigt euch, ihr Singvögel 291
Beständigkeit 294
Bin ein trübseliger Wetterling 44

Das Bettdeckenland 27
Das Buch verpasst, doch den Namen gelesen 275
Das Die-ganze-Nacht-Durchmachen 103

Das kleinere Übel 157
Das Tanzlied des Totenschiffes 47
Das warme Feuer 103
Das Zimmer verwitwet 299
Das zufällige Land 296
Da, was geschieht, nie geschehen wird 335
Der Gegenstand der Diskussion heut Abend 131
Delirium in Vera Cruz 175
Den Frauen – soweit es mich betrifft 53
Denn wir haben die schweren Gedanken gedacht 123
Der Berg ist schläfrig von dem langen Sonnenbad 117
Der Gegenstand der Diskussion 131
Der Monat, wo Ferien sind 199
Der Sommerregen 19
Der Streit 75
Der Vorteil, wenn man trübsichtig wird 203
Der Zeitgeist streckt den Bizeps und erfüllt 94
Dichter-Lesung 182
Dichter sind schon ein schlimmer Clan 275
Die Blonde im grünen Tüll 328
Die Erinnerung an dich 233
Die Erinnerung an dich fällt über mich her 233
Die Foltern der Hölle sind grausam 171
Die Frau wünscht sich Monogamie 91
Die Gefühle, die ich nicht habe, habe ich nicht 53
Die Geister der Autoren 191
Die Hitze 45
Die kleine Philosophie 31
Die Maibraut 377
Dieppe 163
Die Waffen des Vaters 319
Dir, nörgelndes Exemplar, das behauptet, es stelle 201
Drache im Central Park 265
Dramaturgischer Rat 218
Drei Brillen 312
Du sinnlos tote Welt aus Stein 229
Durch einen Roman marschierend 271

Eine Armee der anderen gleicht 125
Eine Hitzewelle und ein Maximum 45
Ein Gedicht, das sich nicht gegen Singvögel wendet 291
Eingetrübt 203
Ein Licht im Fenster 111
Ein Liebesmenü 211
Ein Nachtstück 39
Ein narrendes Paar Augen zeigt 51
Ein russischer Lyrikabend 131
Einsamkeit 85
Ein Toast 237
Ein zweimal gesehenes Stück 99
Elegie über den Zufall der Geburt 296
Er der die Erde buckelt 260
Erfahrung 93
Erfolg kommt einem schrecklichen Unglück gleich 173
Ergreife die Feder müde 222
Ergreife die Feder müde 222
Er hat geschrieben 79
Er ließ sie liegen bloß und nackt 69
Erster Gast in einem stillen 360
Erzählung 335
Es gibt Bücher, die ich noch lesen muss 385
Es gibt noch 385
Es sprach der Ochs zum Es 293
Es war 264

Ferien 199
Formular 1 D 263
Früher war Stein noch Stein 189
Freunde, lebt wohl 179
Für einen Ertrunkenen 333
Für Fitch, Rentner 309
Für Samay 183

Gebt uns 205
Gebt uns, was wir zerstören können 205
Gedämpftes Prasseln dringt zur Dämmerstund 101
Gedicht, geschrieben im Zug nach Hereford 255
Gedicht über die Prostitution 161
Gekannt ihn, ihn geliebt zu haben 25
Geld 267
Geld ist so ein Glück 267

Großstadtmorgen 107
Grundsätzliche Gedanken zum Thema Sex 91

Haikus 374
Hand aufs Herz 253
Heidnisch 155
Heimweh 44
Heute morgen erinnerte ich mich 287
Hier stehn wir also, du und ich 155
Hotel Avenir 328
Hôtels 299
Hübsche Bilder 241

Ich bin an wenigen Orten daheim 230
Ich bin kein Schöpfer 387
Ich frage mich – 259
Ich glaube, nächtens schleichen 191
Ich gründe ein Amt. In diesem Amt 303
Ich habe große Städte gesehen 326
Ich konnte den Gedanken nicht ertragen 41
Ich lass die Zeitung von heute 369
Ich liebe das Haus zu verlassen 219
Ich liege auf dem Dach von allem, und ich lausche 195
Ich möchte dass meine Liebe stürbe 169
Ich schrieb: in der dunklen Kaverne unserer Geburt 177
Ich sterbe nicht um deinetwillen 149
Ich sterbe nicht um deinetwillen 149
Im Geist ein Paar, doch zu jung für die Ehe 153
Im Geist ein Paar, doch zu jung für die Ehe 153
Immoralität 57
Im Morgengrauen, Stunden nach meinem Tod 247
Im Zug 33
In der Schweiz 279
In Ruhe frühstücken 369
Intime Freunde 55
In Zürich nimmt man am besten als erstes 279

Jeden Morgen grüßen mich 271
Jedes Jubiläum ist 372
Jedoch die unaussprechlichen Geheimnisse 39
Jetzt ist's die Einsamkeit,

die kommt bei Nacht 85
Judith/Ein Monolog 179

Kannst du dich noch erinnern 111
Kannt ich die Liebe einst? 119
Kein Mädchen mag ihn, aber am Ende 381
Klebepapier 265
Kommentar zu Kant 96
Komm hinaus … hinaus 107
Kronenhalle 230

Langer Mantel solide 313
Lederäpfel, Pfirsichhäute 362
Lesen im Restaurant 287
Liebesgedicht 330
Liebeslied 116
Liebstes Herz, willst du mich selig 79
Lied auf eine Dame mit Sinn für Grammatik 61
Lindholm Hoje 262
Lobgedicht auf den Sport 94

Machst du dir nichts aus meiner Liebe?, fragte sie bitter 55
Manch einer bricht dir das Herz entzwei 93
Männern wird oft angst und bange 89
Man störe nicht, denn mir zu Ehren 211
Meere 219
Mein Bett ist ein Boot 29
Mein Bett ist wie ein kleines Boot 29
Meine drei Brillen 312
Meine Muse 184
Meine Muse steht an der Ecke 184
Mein Leben war das Gedicht … 17
Mein Nachbar ist Rentner und heißt Fitch 309
Messer, die schmerzen 87
Mir scheint, ich verbringe mein halbes Leben damit 83
Miss Margaret Mücke schwang ihre Krücke 61
Mit den Blättern der Kastanie winkst du Trost 116
Mitteilung an den Adel in Graubünden 301
Mittsommer … Mitternacht 337
Mond 229

Monodie 25
Motto für ein Kapitel 123

Nach der Veröffentlichung von ›Unter dem Vulkan‹ 173
nachmittag im märz 374
Nicht jedem Seemann 262
Nicht zustellbar 263
Nina Nina komm zu mir 301
Nur meine Feindin von je 207

Oder müssen wir sterben? 337
Öd wie der Tod und zäh wie Schmerz 157

Paris, 1. Mai 1977 181
Pfauen bedeuten Ordnung 317
Pi-kiertes Luftschloss 249
Porträt 121
Praktische Anwendung 95
Pressemeldung 89

Randnotiz 201
Regen vor Tagesanbruch 101
Resümee 87
Riesig erschien uns unser Streit, er machte 75
sagen wir achtzig 182
Schach 207
Schlafmangel 195
schon vor der Geburt umstritten 314
Schöpfer 387
Schreib keine Gedichte 255
Schweizerpsalm II 225
Secondhand 313
Septembergold 292
sich an den händen fassen 181
Siehst du dort oben? 365
Sind es nur Leute über vierzig 241
Sommer 117
Sonderbare Type 177
Stein ist nicht Stein 189
Sterbe ich, so stirbt die Welt 215
Sterne vorm Fenster ich sehe, ein Dutzend in gleißender Pracht 33

Taglied 69

Übersetzung meiner Postkarten 317
Und alles, was der Autor weiß 127
und wieder das letzte Verebben 163

Unmoralisch ist nur 57
Unregelmäßiges Sonett 114
Unter dem Pont Mirabeau 294

Verse 41
Verzapf keinen Tiefsinn 218
Von da wo wir sitzen über den Rängen 165
Von Unterlassungssünde klagen nun die leeren Tage 114
Vor uns hintastend, Liebes 220
Vor uns hintastend, Liebes 220

Was gehn euch meine Lumpen an? 47
Was hat dir der verkappte Mond 49
Was ich mag 360
Was ich nicht mag 362
Was wäre die Welt 253
Was zum Teufel soll ich mit diesem Land anfangen? 225
Weg mit den Büchern, bin des Lesens satt 19
Weihnachten 293
Weiß 333
Weiß nicht, was es ist 365
Weiss nid was es isch 364
Wenn krank ich lag in meinem Bett 27
Wenn wir verloren sind 187
Wenn wir verloren sind, zählt welches Bild? 187
Wer hat je etwas verloren in einem Mai 377
Wer löst mein Rätsel? 249
Wer unentwegt auf Reisen ist 257
Wieder schau ich in Bilderdunkelheit 99
Wie viele Möglichkeiten… 303
Wir kommen weit her 183
Wo der Leichenbestatter wohnt 381
Wohin ich blicke, starrt mir sehr fatal 96
Wohin ist Zärtlichkeit verschwunden 175

Zusammen schlafen 71
Zusammen wir schliefen… so müde warst du!… 71
Zwischen uns erheb die Hand 121

Alphabetisches Verzeichnis der Titel und Anfänge der Gedichte (Originalsprache)

7 or 8 Things I Know About Her—A Stolen Biography 318
π in the Sky 248

After Publication of ›Under the Volcano‹ 172
Age 258
An Evening of Russian Poetry 130
And everything the author knows 126
Al die mensen 390
Al die mensen die zeggen 390
All armies are the same 124
All-Knowing 58
All that we know is nothing 58
All the girls do not like him yet one day 380
A Menu of Loves 210
A Night Piece 38
A Poem Not Against Songbirds 290
Arènes de Lutèce 164
Arrival 82
At dawn, after my death hours before 246
A Toast 236
Authors' Ghosts 190

Bahnhofstrasse 50
Because what happens will never happen 334
But, of those better tides of dark and melancholy 38

Chapter Heading 122
City Dusk 106
Come out ... out 106

Darling Heart if you would make me 78
Dateci 204
Dateci qualche cosa da distruggere 204
Déjeuner en Paix 368
De là où nous sommes assis plus haut que les gradins 164

Delirium in Vera Cruz 174
Did I know love once? 118
Dieppe 162
Dimmed-Up 202
Don't bother me, for I must take 210
Don't write a poem 254
Don't you care for my love? She said bitterly 54
Do you remember, before keys turned in the locks 110

Each morning my characters 270
Empty as death and slow as pain 156
encore le dernier reflux 162
Er zijn nog 384
Er zijn nog boeken die ik moet lezen 384
Experience 92

First thing to do in Zurich 278
For Fitch, Retired 308
For one who drowned 332
For the Love of Dying 170
For we have thought the longer thoughts 122

General Review of the sex situation 90
Gsehsch das dört obe? 364

Hand Over 252
He left her lying in the nude 68
Here in the figured dark I watch once more 98
He who continually travels 256
He wrote 78
Holidays 198

I could not bear the thought that I should ever lose you 40
I Die So Dies the World 214
If we could have remembrance now 30
Ik ben geen schepper 386
Ile możliwośći… 302
I Missed His Book, but I Read His Name 274
Immorality 56
In Switzerland 278
In the Train 32
Intimates 54

I seem to spend half my life arriving at strange hotels— 82
I Shall Not Die 148
I shall not die because of you 148
Is it only the people over forty 240
I think that author's ghosts creep back 190
It is only immoral 56
It would be funny 252
I wonder 258
I wrote: in the dark cavern of our birth 176

J'abandonne sur une chaise 368
je voudrais que mon amour meure 168

Lamp in a Window 110
Lift your hand between us 120
Lighten up, songbirds 290
Lines 40
Lines to a Lady with an unsplit infinitive 60
Loneliness 84
Lying on the roof of everything I listen 194

Marching Through a Novel 270
Memory of you 232
Memory of you seizes me unawares 232
Men seldom make passes 88
Midsummer ... midnight 336
Miss Margaret Mutch she raised her crutch 60
Money 266
Money is such a treat 266
Monody 24
My Bed is a Boat 28
My bed is like a little boat 28
My books I'd fain cast off, I cannot read 18
My life has been the poem 16
My retired neighbor's name is Fitch 308

Narrative 334
News item 88
Note by the Wayside 200
Now it is Loneliness who comes at night 84
On a Play Twice Seen 98
On the Lack of Sleep 194
Ontmoeting 388
Or Shall We Die? 336

Our Minds Are Married, But We are Too Young 152
Our minds are married, but we are too young 152
Our quarrel seemed a giant thing 74
Out of the window I see a dozen great stars 32

Poem About Prostitution 160
Poem Written on the Hereford Train 254
Poor world that does not know its doom, the day I die 214
Portrait 120
Pretty Pictures 240

Rain Before Dawn 100
Razors pain you 86
Reading Something in the Restaurant 286
Résumé 86

Scacci 206
Schepper 386
Sleeping Together 70
Sleeping together … how tired you were!… 70
So here are you, and here am I 154
Solo la mia nemica di sempre 206
Some men break your heart in two 92
Song at Parting 68
Stone Is Not Stone 188
Strange Type 176
Success is like some horrible disaster 172

The advantage of getting dim-sighted 202
The dull, faint patter in the drooping hours 100
The eyes that mock me sign the way 50
The Father's Guns 318
The feelings I don't have I don't have 52
The Land of Counterpane 26
The Lesser Evil 156
The May Bride 376
The month of the holidays 198
The Pagan 154
the peacock means order 316
The Quarrel 74
There was a time when stone was stone 188
The Staying Up All Night 102

The Small Philosophy 30
The subject chosen for tonight's discussion 130
The Summer Rain 18
The tortures of hell are stern 170
The Undertaker's Quarters 380
The warm fire 102
This morning I remembered the young man 286
Though authors are a dreadful clan 274
To have known him, to have loved him 24
To lost causes, and failures 236
To Women, as far as I'm concerned 52
To you, fretful exemplar, who claim to place 200
Translation of my Postcards 316
Travelling 256
Twee mensen komen elkaar tegen 388

What counsel has the hooded moon 48
When I was sick and lay a-bed 26
When I was young and had no sense 160
When We Are Lost 186
When we are lost what image tells? 186
Where has tenderness gone 174
White 332
Who has ever lost something in a May 376
Who'll solve my problem? 248
Woman wants monogamy 90

Założę urząd. W tym urzędzie 302

Nachweis

JOAN AIKEN (4. September 1924, Rye, Sussex – 4. Januar 2004, Petworth, West Sussex)

π in the Sky / Pi-kiertes Luftschloss. Aus dem Englischen von Renate Orth-Guttmann. Aus: Joan Aiken, *The Skin Spinners.* The Viking Press, New York 1976. Copyright © 1960, 1973, 1974, 1975, 1976 by Joan Aiken. Deutsche Erstveröffentlichung, Copyright © 2007 für die deutsche Übersetzung by Diogenes Verlag, Zürich

Hand Over / Hand aufs Herz. Aus dem Englischen von Manfred Allié. Aus: Joan Aiken, *The Skin Spinners.* The Viking Press, New York 1976. Copyright © 1960, 1973, 1974, 1975, 1976 by Joan Aiken. Deutsche Erstveröffentlichung, Copyright © 2007 für die deutsche Übersetzung by Diogenes Verlag, Zürich. Abdruck mit freundlicher Genehmigung der Agentur Mohrbooks, Zürich

ALFRED ANDERSCH (4. Februar 1914, München – 21. Februar 1980, Berzona bei Locarno)

Paris, 1. Mai 1977 / Dichter-Lesung. Aus: Alfred Andersch, *Gedichte und Nachdichtungen. Gesammelte Werke 6.* Herausgegeben von Dieter Lamping. Copyright © 1977, 2004 by Diogenes Verlag, Zürich

PAUL AUSTER (* 3. Februar 1947, Newark / New Jersey)

White / Weiß und *Narrative / Erzählung.* Aus dem Amerikanischen von Werner Schmitz. Aus: Paul Auster, *Vom Verschwinden* (die amerikanische Originalausgabe: *Disappearances: Selected Poems* erschien 1988 bei The Overlook Press, Woodstock, New York). Copyright © 1987 by Paul Auster. Copyright der deutschen Rechte © 2001 by Rowohlt Taschenbuch Verlag, Reinbek bei Hamburg. Abdruck mit freundlicher Genehmigung

SAMUEL BECKETT (13. April 1906, Dublin – 22. Dezember 1989, Paris)

Dieppe / Dieppe, Arènes de Lutèce / Arènes de Lutèce und *je voudrais que mon amour meure / ich möchte dass meine Liebe stürbe.* Aus dem Französischen von Elmar Tophoven. Aus: Samuel

Beckett, *Gedichte*. Copyright © 1959 by Limes Verlag, Wiesbaden. Abdruck mit freundlicher Genehmigung von Random House, München.

Heinrich Böll (21. Dezember 1917, Köln – 16. Juli 1985, Kreuzau-Langenbroich)

Für Samay. Copyright © by Kiepenheuer & Witsch, Köln. Abdruck mit freundlicher Genehmigung

Meine Muse. Aus: Heinrich Böll. *Werke. Hörspiele, Theaterstücke, Drehbücher, Gedichte 1. 1952–1978*. Hrsg. von Bernd Balzer. © 1979 by Verlag Kiepenheuer & Witsch, Köln. Abdruck mit freundlicher Genehmigung

Ray Bradbury (*22. August 1920, Waukegan, Illinois)

A Menu of Loves / Ein Liebesmenü. Aus dem Amerikanischen von Hans Christian Oeser. Aus: *They Have Not Seen the Stars: The Collected Poetry of Ray Bradbury*, Stealth Press, Lancaster PA, 2002. Deutsche Erstveröffentlichung, Copyright © 2007 für die deutsche Übersetzung by Diogenes Verlag, Zürich. Abdruck mit freundlicher Genehmigung der Agentur Andrew Nurnberg Associates, London

I Die, So Dies the World / Sterbe ich, so stirbt die Welt. Aus dem Amerikanischen von David H. Richards. Aus: *Tintenfass* Nr. 12 (Das Originalgedicht ist enthalten in *The Complete Poems of Ray Bradbury*. Ballantine Books, New York 1982. Copyright © by Ray Bradbury). Copyright der deutschen Übersetzung © 1985 by Diogenes Verlag, Zürich. Abdruck mit freundlicher Genehmigung der Andrew Nurnberg Associates, London

Raymond Carver (25. Mai 1938, Clatskanie / Oregon – 2. August 1988 in Port Angeles / Washington)

In Switzerland / In der Schweiz, *Reading Something in the Restaurant / Lesen im Restaurant* und *A Poem Not Against Songbirds / Ein Gedicht, das sich nicht gegen Singvögel wendet*. Aus dem Amerikanischen von Uwe Hienz. Aus: Raymond Carver, *All of us. The Collected Poems*. The Harvill Press, 1996. Copyright © 1996 by Tess Gallagher. Deutsche Erstveröffentlichung, Copyright © 2007 für die deutsche Übersetzung by Diogenes Verlag, Zürich. Abdruck mit freundlicher Genehmigung der Paul und Peter Fritz Agentur, Zürich

Raymond Chandler (23. Juli 1888, Chicago – 26. März 1959, La Jolla / Kalifornien)

Lines to a Lady with an unsplit infinitive / Lied für eine Dame mit Sinn für Grammatik und *Song at Parting / Taglied*. Aus dem

Amerikanischen von Manfred Allié. Aus: *The Notebooks of Raymond Chandler*. Herausgegeben von Frank MacShane. The Ecco Press, New York, 1976. Copyright © Helga Greene for the Estate of Raymond Chandler, 1976. Abdruck mit freundlicher Genehmigung von Chorion, London. Deutsche Erstveröffentlichung, Copyright © 2007 für die deutsche Übersetzung by Diogenes Verlag, Zürich

PHILIPPE DJIAN (* 3. Juni 1949 in Paris)

Déjeuner en Paix / In Ruhe frühstücken. Liedtext für Stephan Eicher. Aus dem Französischen von Anton Roth. Zuerst erschienen in *Tintenfass* Nr. 21. Abdruck mit freundlicher Genehmigung des Autors

DORIS DÖRRIE (* 26. Mai 1955, Hannover)

Haikus. Deutsche Erstveröffentlichung. Abdruck mit freundlicher Genehmigung der Autorin

FRIEDRICH DÜRRENMATT (5. Januar 1921, Konolfingen – 14. Dezember 1990, Neuenburg)

Dramaturgischer Rat, *Meere*, *Vor uns hintastend, Liebes*, *Kronenhalle* und *Schweizerpsalm II*. Aus Friedrich Dürrenmatt, *Das Mögliche ist ungeheuer*. Copyright © 1993 by Diogenes Verlag, Zürich. *Ergreife die Feder müde*. Aus Friedrich Dürrenmatt, *Das Mögliche ist ungeheuer*. Diogenes Verlag, Zürich 1993. Abdruck mit freundlicher Genehmigung von Charlotte Kerr Dürrenmatt

WILLIAM FAULKNER (25. September 1897, New Albany, Mississippi – 6. Juli 1962, Oxford, Mississippi)

Kannt ich die Liebe einst? / Did I know love once? Aus dem Amerikanischen von Hans Hennecke. Aus: William Faulkner, *Ein grüner Zweig* (Titel der Originalausgabe: *A Green Bough*). Copyright © 1957 by Fretz & Wasmuth Verlag, Zürich

Portrait / Porträt. Aus dem Amerikanischen von Christa Schuenke. Aus: William Faulkner, *Vision in Spring*. University of Texas Press, 1984. Copyright © 1984 by Jull Faulkner Summers. Deutsche Erstveröffentlichung. Abdruck mit freundlicher Genehmigung der Agentur Mohrbooks, Zürich. Copyright © 2007 der deutschen Übersetzung by Christa Schuenke

JÖRG FAUSER (16. Juli 1944, Bad Schwalbach / Taunus – 17. Juli 1987, München)

Berlin, Paris, New York / Hôtel Avenir / Liebesgedicht. Aus: Jörg Fauser, *Trotzki, Goethe und das Glück*. Gesammelte Gedichte und Songtexte. Jörg-Fauser-Edition IV. Copyright © 2005 by Alexander Verlag, Berlin. Abdruck mit freundlicher Genehmigung

F. Scott Fitzgerald (24. September 1896, St. Paul / Minnesota – 21. Dezember 1940, Hollywood)

On a Play Twice Seen / Ein zweimal gesehenes Stück (Nassau Literary Magazine, 1917); Rain Before Dawn / Regen vor Tagesanbruch (Nassau Literary Magazine, 1917); The Staying Up All Night / Das Die-ganze-Nacht-Durchmachen (The Princeton Tiger, 1917); City Dusk / Großstadtmorgen (Nassau Literary Magazine, 1918); Lamp in a Window / Ein Licht im Fenster (The New Yorker, 1935). Aus dem Amerikanischen von Christa Schuenke. Deutsche Erstveröffentlichung, Copyright © 2007 für die deutsche Übersetzung by Diogenes Verlag, Zürich. Abdruck mit freundlicher Genehmigung der Agentur Liepman, Zürich

Ford Madox Ford (17. Dezember 1873, London – 26. Juni 1939, Deauville / Frankreich)

The Small Philosophy / Die kleine Philosophie, *In the Train / Im Zug* und *A Night Piece / Ein Nachtstück*. Aus dem Englischen von Christa Schuenke. Aus: Ford Madox Ford, *Selected Poems*. Herausgegeben von Max Saunders. Fyfield Books, Carcanet Press Limited. Copyright der Gedichte © 1997, 2003 by Michael Schmidt. Deutsche Erstveröffentlichung Copyright © 2007 by Diogenes Verlag, Zürich. Abdruck mit freundlicher Genehmigung der Agence Hoffman, München

Max Frisch (15. Mai 1911, Zürich – 4. April 1991, ebenda)

Auf der Welt sein. Aus: Max Frisch, *Jetzt ist Sehenszeit*. Briefe, Notate, Dokumente 1943–1963. Herausgegeben und mit einem Nachwort versehen von Julian Schütt. Im Auftrag der Max Frisch-Stiftung. Copyright © 1998 by Suhrkamp Verlag, Frankfurt am Main. Abdruck mit freundlicher Genehmigung

Judith. Aus: *jetzt: max frisch*. Herausgegeben von Luis Bolliger, Walter Obschlager, Julian Schütt. Suhrkamp Verlag, Frankfurt am Main, 2001. Zuerst erschienen in *Neue Zeitung*, München, 1948. Copyright © 2001 by Suhrkamp Verlag, Frankfurt am Main. Abdruck mit freundlicher Genehmigung

Friedrich Glauser (4. Februar 1896, Wien – 8. Dezember 1938, Nervi bei Genua)

Unregelmäßiges Sonett, *Liebeslied* und *Sommer*. Erstveröffentlichung aus dem Nachlass, der sich im Schweizerischen Literaturarchiv, Bern befindet. Abdruck mit freundlicher Genehmigung des Limmat Verlags, Zürich. Mit herzlichem Dank an Liliane Studer. Eine Buchausgabe mit Gedichten von Friedrich Glauser ist im Limmat Verlag in Vorbereitung

Arnon Grünberg (* 22. Februar 1971, Amsterdam)
Er zijn nog / Es gibt noch; Schepper / Schöpfer; Ontmoeting / Begegnung; Al die mensen / All die Leute. Aus dem Niederländischen von Rainer Kersten. Aus: Arnon Grünberg, *Schoonheid en bier*, 1993. Deutsche Erstveröffentlichung mit freundlicher Genehmigung des Autors. Copyright © 2007 für die deutsche Übersetzung by Diogenes Verlag, Zürich

Ernest Hemingway (21. Juli 1899, Oak Park / Illinois – 2. Juli 1961, Ketchum / Idaho)
Chapter Heading / Motto für ein Kapitel, All armies are the same / Eine Armee der andern gleicht und *And everything the author knows / Und alles was der Autor weiß.* Aus dem Amerikanischen von Else und Hans Besian. Aus: Ernest Hemingway, *Sämtliche Gedichte,* Rowohlt, Reinbek bei Hamburg, 1988. (Die amerikanische Originalausgabe: *Complete Poems*, herausgegeben von Nicholas Gerogiannis, erschien 1979 im Verlag University of Nebraska Press, Lincoln und London Initial Copyright © 1979). Copyright der deutschen Rechte © 1986 by Schwiftinger Galerie-Verlag, Schwifting. Abdruck mit freundlicher Genehmigung

Patricia Highsmith (19. Januar 1921, Fort Worth / Texas – 4. Februar 1995, Locarno / Tessin)
Memory of you / Die Erinnerung an dich. Aus dem Amerikanischen von Christa Schuenke. Zuerst erschienen im *Tintenfass* Nr. 22. Gedicht aus dem Nachlass von Patricia Highsmith, der sich im Schweizerischen Literaturarchiv, Bern befindet. Copyright © 2003 by Diogenes Verlag AG, Zürich
A Toast / Ein Toast. Aus dem Amerikanischen von Christa Hotz. Zuerst erschienen im *Tintenfass* Nr. 8. Copyright © 1983 by Diogenes Verlag AG, Zürich
Pretty Pictures / Hübsche Bilder. Aus dem Amerikanischen von Christian Strich. Zuerst erschienen in *Tintenfass* Nr. 5. © 1982 by Diogenes Verlag AG, Zürich
At dawn, after my death hours before / Im Morgengrauen, Stunden nach meinem Tod. Aus dem Amerikanischen von Irene Rumler. Auszug aus dem Roman *Edith's Diary / Ediths Tagebuch.* Copyright © 2003 by Diogenes Verlag AG, Zürich

John Irving (* 2. März 1942, Exeter / New Hampshire)
For Fitch, Retired / Für Fitch, Rentner. Aus dem Amerikanischen von Manfred Allié. Aus: *Year of Dog*, Putney Verlag, New York, 1972. Copyright © 1972 by Garp Enterprises, Ltd. Abdruck mit freundlicher Genehmigung der Turnbull Agency, Dorset. Deut-

sche Erstveröffentlichung, Copyright © 2007 für die deutsche Übersetzung by Diogenes Verlag AG, Zürich

Otto Jägersberg (* 19. Mai 1942 in, Hiltrup)

Drei Brillen; Secondhand; Als Heiliger. Erstveröffentlichung mit freundlicher Genehmigung des Autors

James Joyce (2. Februar 1882, Dublin – 13. Januar 1941, Zürich)

What counsel has the hooded moon / Was hat dir der verkappte Mond und *Bahnhofstrasse.* Aus dem Englischen von Hans Wollschläger. Aus: James Joyce, *Gesammelte Gedichte.* Suhrkamp Verlag, Frankfurt am Main 1986. Copyright © by the James Joyce Estate. Copyright © 1981 für die deutsche Übersetzung by Suhrkamp Verlag, Frankfurt am Main

David Herbert Lawrence (11. September 1885, Eastwood / Nottinghamshire – 2. März 1930, Bandol bei Toulon)

To Women, as far as I'm concerned / Den Frauen – soweit es mich betrifft; Intimates / Intime Freunde; Immorality / Immoralität; All-Knowing / Allwissend. Aus dem Englischen von Ernst Schönwiese. Aus: D.H. Lawrence, *Der Atem des Lebens.* Limes Verlag, München 1981 (Das englische Original stammt aus *The Complete Poems*, London 1964). Abdruck mit freundlicher Genehmigung der Agentur Mohrbooks, Zürich. Copyright © 1981 für die deutsche Übersetzung by Limes Verlag, München. Abdruck mit freundlicher Genehmigung von Random House, München

Primo Levi (31. Juli 1919, Turin – 11. April 1987, ebenda)

Dateci / Gebt uns und *Sacci / Schach.* Aus dem Italienischen von Moshe Kahn. Aus: Primo Levi, *Zu ungewisser Stunde* (die italienische Originalausgabe *Ad ora incerta*, erschien 1984 bei Garzanti Editore, Mailand. Copyright © 1984). Copyright der deutschen Rechte © 1998 by Carl Hanser Verlag, München. Abdruck mit freundlicher Genehmigung

Hugo Loetscher (* 22. Dezember 1929 in Zürich)

Lindholm Hoje, *Formular 1 D*, *An einer Straßenecke* und *Drache im Central Park.* Aus: Hugo Loetscher, *Es war einmal die Welt.* Copyright © 2004 by Diogenes Verlag, Zürich

Malcolm Lowry (28. Juli 1909, nahe Liverpool – 29. Juni 1957, Ripe, Sussex)

For the Love of Dying / Aus Liebe zum Sterben, After publication of ›Under the Volcano‹ / Nach der Veröffentlichung von ›Unter dem Vulkan‹, Delirium in Vera Cruz / Delirium in Vera Cruz und *Strange Type / Sonderbare Type.* Aus dem Amerikanischen von Joachim Sartorius. Aus: Malcolm Lowry, *Fünfunddreißig Mescals*

in Cuautla (die amerikanische Originalausgabe *The Collected Poetry of Malcolm Lowry* erschien1992 bei UBC Press, Vancouver. Copyright © The Estate of Malcolm Lowry). Copyright der deutschen Rechte © 1983 by Rowohlt Taschenbuch Verlag, Reinbek bei Hamburg. Abdruck mit freundlicher Genehmigung

ANTHONY McCARTEN (*1961, New Plymouth / Neuseeland)
The May Bride / Die Maibraut und *The Undertaker's Quarters / Wo der Leichenbestatter wohnt*. Aus dem Englischen von Manfred Allié. Die Originalgedichte erschienen zuerst in *The New Zealand*, Auckland. Deutsche Erstveröffentlichung mit freundlicher Genehmigung des Autors. Copyright © 2007 für die Übersetzung by Diogenes Verlag, Zürich

CARSON McCULLERS (19. Februar 1917, Columbus, Georgia – 29. September 1967, Nyack, New York)
When We Are Lost / Wenn wir verloren sind und *Stone is Not Stone / Stein ist nicht Stein*. Aus dem Amerikanischen von Christa Schuenke, zuerst erschienen in *Tintenfass* Nr. 21. Aus: Carson McCullers, *The Mortgaged Heart*. Mariner Book. New York 2005. Copyright © 1971 by Floria V. Lasky, Executrix of the Estate of Carson McCullers. Abdruck mit freundlicher Genehmigung der Agentur Mohrbooks, Zürich. Copyright © 2007 für die deutsche Übersetzung by Diogenes Verlag, Zürich

IAN McEWAN (* 21. Juni 1948, Aldershot)
Or Shall We Die? / Oder müssen wir sterben? Text für ein Oratorium von Michael Berkeley. Aus dem Englischen von einer studentischen Übersetzungsgruppe am Englischen Institut der Universität München. Endredaktion: Christian Enzensberger. Aus: Ian McEwan, *Oder müssen wir sterben?* (die englische Originalausgabe *Or Shall We Die?* erschien 1983 bei Jonathan Cape Ltd., London. Copyright © 1983 by Ian McEwan). Abdruck mit freundlicher Genehmigung der Paul & Peter Fritz Agentur, Zürich. Copyright der deutschen Übersetzung © 1984 by Diogenes Verlag, Zürich

KATHERINE MANSFIELD (14. Oktober 1888, Wellington – 9. Januar 1923, Fontainebleau)
Sleeping Together / Zusammen schlafen, The Quarrel / Der Streit, He wrote / Er hat geschrieben, Arrival / Ankommen und *Loneliness / Einsamkeit*. Aus dem Englischen von Christa Schuenke. Aus: Katherine Mansfield, *Poems*. Auckland Oxford University Press 1988. Copyright © 2007 der deutschen Übersetzung by Diogenes Verlag, Zürich

W. Somerset Maugham (25. Januar 1874, Paris – 16. Dezember 1965, Cap Ferrat)

Lines / Verse. Aus dem Englischen von Irene Muehlon. Aus: W. Somerset Maugham, *Notizbuch eines Schriftstellers* (die englische Originalausgabe *A Writer's Notebook* erschien 1949 bei William Heinemann, London. Copyright © by The Royal Literary Fund). Copyright © 2004 by Diogenes Verlag, Zürich

Niklaus Meienberg (11. Mai 1940, St. Gallen – 22. September 1993, Zürich)

Beständigkeit und *Hôtels.* Aus: Niklaus Meienberg, *Geschichte der Liebe und des Liebäugelns.* Copyright © 1992 by Limmat Verlag, Zürich

Elegie über den Zufall der Geburt. Aus: Niklaus Meienberg, *Heimsuchungen.* Diogenes Verlag, Zürich 1986. Copyright © 1981 by Limmat Verlag, Zürich

Mitteilung an den Adel in Graubünden. Aus: Niklaus Meienberg, *Die Erweiterung der Pupillen beim Eintritt ins Hochgebirge.* Copyright © 1981 by Limmat Verlag, Zürich. Abdruck mit freundlicher Genehmigung

Herman Melville (1. August 1819, New York – 28. September 1891, ebenda)

Monody / Monodie. Aus dem Amerikanischen von Christa Schuenke. Copyright © 2007 für die deutsche Übersetzung by Diogenes Verlag AG, Zürich

Sławomir Mrożek (29.6.1930, Borzecin bei Krakau)

Ile możliwości / Wie viele Möglichkeiten. Aus dem Polnischen von Marta Kijowska. Copyright © 2007 by Diogenes Verlag AG, Zürich

Robert Musil (6. November 1880, Klagenfurt – 15. April 1942, Genf)

Heimweh und *Die Hitze.* Aus: Robert Musil, *Gesammelte Werke.* Band 6, Prosa und Stücke. Herausgegeben von Adolf Frisé. Copyright © 1978 by Rowohlt Verlag GmbH, Reinbek bei Hamburg. Abdruck mit freundlicher Genehmigung

Vladimir Nabokov (23. April 1899, Sankt Petersburg – 2. Juli 1977, Lausanne)

An Evening of Russian Poetry / Ein russischer Lyrikabend. Aus dem Englischen von Dieter E. Zimmer. Aus: Vladimir Nabokov, *Poems and Problems.* McGraw-Hill International 1970. Copyrights in Vladimir Nabokov's English-language poem *An Evening of Russian Poetry* are held by Dmitri Nabokov, Proprietor of the Estate of Vladimir Nabokov. Reprinted here by arrangement with

the Estate of Vladimir Nabokov. All rights reserved. Erstveröffentlichung der Übersetzung mit freundlicher Genehmigung von Dieter E. Zimmer und des Rowohlt Verlags, Reinbek bei Hamburg. Herzlichen Dank an Hans Georg Heepe

INGRID NOLL (* 29. September 1935, Schanghai)

Altweibersommer. Aus: Ingrid Noll, *Der Hahn ist tot*. Copyright © 1991 by Diogenes Verlag, Zürich

FRANK O'CONNOR (17. September 1903, Cork – 10. März 1966, Dublin)

I Shall Not Die / Ich sterbe nicht um deinetwillen. Aus dem Englischen von Hans Christian Oeser. Abdruck mit freundlicher Genehmigung der Agentur ICLA, Dublin. Copyright © 2007 für die deutsche Übersetzung by Diogenes Verlag AG, Zürich

MICHAEL ONDAATJE (* 12. September 1943, Colombo / Sri Lanka)

Translation of my Postcards / Übersetzung meiner Postkarten. Aus dem Englischen von Bernard Robben. Aus: Michael Ondaatje, *The Cinnamon Peeler*. Picador, London 1989. Copyright © 1989 by Michael Ondaatje. Copyright © 2007 für die deutsche Übersetzung by Diogenes Verlag, Zürich

7 or 8 Things I Know About Her—A Stolen Biography / 7 oder 8 Dinge, die ich über sie weiß – eine gestohlene Biographie. Aus dem Englischen von Manfred Allié. Aus: Michael Ondaatje, *The Cinnamon Peeler*. Picador, London 1989. Copyright © 1989 by Michael Ondaatje. Deutsche Erstveröffentlichung, Copyright © 2007 für die deutsche Übersetzung by Diogenes Verlag, Zürich. Abdruck mit freundlicher Genehmigung der Ellen Levine Agency / Trident Media Group, New York

GEORGE ORWELL (25. Juni 1903, Motihari / Indien – 21. Januar 1950, London)

Our Minds Are Married, But We Are Too Young / Im Geist ein Paar, doch zu jung für die Ehe, The Pagan / Heidnisch, The Lesser Evil / Das kleinere Übel und *Poem about Prostitution / Gedicht über die Prostitution*. Aus dem Englischen von Manfred Allié und Gabriele Kempff-Allié. Abdruck mit freundlicher Genehmigung der Agentur Mohrbooks, Zürich. Copyright © 2007 für die deutsche Übersetzung by Diogenes Verlag AG, Zürich

DOROTHY PARKER (22. August 1893, Long Branch, New Jersey – 7. Juni 1967, New York)

Résumé / Resümee, General Review of the sex situation / Grundsätzliche Gedanken zum Thema Sex, News item / Pressemeldung und *Experience / Erfahrung*. Aus dem Amerikanischen von Man-

fred Allié. Aus: *The Portable Dorothy Parker*. Herausgegeben von Marion Meade. Penguin Books, 2006. Copyright © 1973, 2006 by The National Association for the Advancement of Colored People. Deutsche Erstveröffentlichung, Copyright © 2007 für die deutsche Übersetzung by Diogenes Verlag, Zürich

JOSEPH ROTH (2. September 1894, Brody bei Lemberg – 27. Mai 1939, Paris)

Lobgedicht auf den Sport, *Praktische Anwendung* und *Kommentar zu Kant*. Aus: Joseph Roth. *Werke. Bd. 2. Das journalistische Werk 1924–1928*. Hrsg. und mit einem Nachwort von Klaus Westermann. © 1990 by Verlag Kiepenheuer & Witsch, Köln, und Verlag Allert de Lange, Amsterdam. Abdruck mit freundlicher Genehmigung

ALAN SILLITOE (* 4. März 1928, Nottingham)

Poem Written on the Hereford Train / Gedicht, geschrieben im Zug nach Hereford. Aus dem Englischen von Manfred Allié. Aus: Alan Sillitoe, *Storm*. W. H. Allen, London 1974. Copyright © 1974 by Alan Sillitoe. Deutsche Erstveröffentlichung, Copyright © 2007 für die deutsche Übersetzung by Diogenes Verlag, Zürich

Travelling / Auf Reisen. Aus dem Englischen von Manfred Allié. Aus: Alan Sillitoe, *Love in the Environs of Voronezh*. Macmillan, London 1968. Copyright © 1968 by Alan Sillitoe. Deutsche Erstveröffentlichung, Copyright © 2007 für die deutsche Übersetzung by Diogenes Verlag, Zürich

Age / Alter, Aus dem Englischen von Manfred Allié. Aus: Alan Sillitoe, *Sun Before Departure*. Granada, London 1984. Copyright © 1984 by Alan Sillitoe. Deutsche Erstveröffentlichung, Copyright © 2007 für die deutsche Übersetzung by Diogenes Verlag, Zürich. Abdruck mit freundlicher Genehmigung des Autors

MURIEL SPARK (1. Februar 1918, Edinburgh – 13. April 2006, Florenz)

Author's Ghosts / Die Geister der Autoren, *On the Lack of Sleep / Schlafmangel*, *Holidays / Ferien*, *Note by the Wayside / Randnotiz* und *Dimmed-up / Eingetrübt*. Aus dem Englischen von Christa Schuenke. Aus: Muriel Spark, *All the Poems*. New Directions Books, New York 2004. Copyright © 2004 by Muriel Spark. Deutsche Ausgabe im Diogenes Verlag, Zürich, in Vorbereitung. Abdruck mit freundlicher Genehmigung der Agentur Mohrbooks, Zürich

ROBERT LOUIS STEVENSON (13. November 1850, Edinburgh – 3. Dezember 1894, Apia/Samoa)

The Land of Counterpane / Das Bettdeckenland und *My Bed is a*

Boat / Mein Bett ist ein Boot. Aus dem Englischen von Manfred Allié und Gabriele Kempf-Allié. Aus: Robert Louis Stevenson, *A Child's Garden of Verses.* Chatto & Windus, London 1885. Copyright © 2007 für die deutsche Übersetzung by Diogenes Verlag, Zürich

PATRICK SÜSKIND (*26. März 1949, Ambach am Starnberger See)
Autors Jubiläumsängste. Aus: *Tintenfass* Nr. 60. Diogenes Verlag, Zürich 1990. Copyright © 1990 by Patrick Süskind. Abdruck mit freundlicher Genehmigung des Autors

MARTIN SUTER (* 29. Februar 1948, Zürich)
Was ich mag, was ich nicht mag. Aus: *Tintenfass Nr. 23.* Diogenes Verlag, Zürich 1999. Copyright © 1999 by Martin Suter. Abdruck mit freundlicher Genehmigung des Autors
Weiss nid was es isch / Weiß nicht, was es ist. Liedtext für Stephan Eichers Album *Eldorado,* 2007. Copyright © 2007 by Martin Suter. Abdruck mit freundlicher Genehmigung des Autors

HENRY DAVID THOREAU (12. Juli 1817, Concord, Massachusetts – 6. Mai 1862 ebenda)
My life has been the poem / Mein Leben war das Gedicht. Aus dem Amerikanischen von Heinz Ickstadt. Aus: *Amerikanische Dichtung von den Anfängen bis zur Gegenwart,* herausgegeben von Eva Hesse und Heinz Ickstadt, Teil des vierbändigen Sammelwerks *Englische und Amerikanische Dichtung,* C.H. Beck Verlag, München. Copyright © 2000 by C.H. Beck, München. Abdruck mit freundlicher Genehmigung
The Summer Rain / Der Sommerregen. Aus dem Amerikanischen von Christa Schuenke. Aus: Collected Poems of H. D. Thoreau, ed. C. Bode, Baltimore, 1964. Copyright © 2007 für die deutsche Übersetzung by Diogenes Verlag, Zürich

B. TRAVEN (25. Februar 1882, San Francisco oder 3. Mai 1892, Chicago – 26. März 1969, Mexiko-Stadt)
Das Tanzlied des Totenschiffes. Aus: B. Traven, *Das Totenschiff.* Diogenes Verlag, Zürich 1983. Copyright © 1978 by R. E. Luján Traven, Mexico D.F. Abdruck mit freundlicher Genehmigung der Büchergilde Gutenberg

JOHN UPDIKE (* 18. März 1932 in Reading, Pennsylvania)
Money / Geld. Aus dem Amerikanischen von Helmut Frielinghaus/Susanne Höbel. Aus: John Updike, *Geld. Die maritimen Gedichte* (das Original-Gedicht ist enthalten im Buch *Americana and Other Poems,* erschienen bei Alfred A. Knopf, New York 2001, Abdruck mit freundlicher Genehmigung). Für die deutsche Über-

setzung/Ausgabe Copyright © 2005 by marebuchverlag, Hamburg. Abdruck mit freundlicher Genehmigung

Marching Through a Novel / Durch einen Roman marschierend. Aus dem Amerikanischen von H. M. Ledig-Rowohlt. Aus John Updike, *Gedichte* (das Original-Gedicht ist enthalten im Buch *Tossing and Turning*, erschienen bei Alfred A. Knopf, New York, 1977, Copyright © 1977 by John Updike. Abdruck mit freundlicher Genehmigung). Für die deutsche Übersetzung/Ausgabe Copyright © 1986 by Rowohlt Verlag, Reinbek bei Hamburg. Abdruck mit freundlicher Genehmigung

I Missed His Book, but I Read His Name / Das Buch verpasst, doch den Namen gelesen. Aus dem Amerikanischen von Manfred Allié. Aus: John Updike, *Collected Poems* 1953-1993. Alfred A. Knopf, New York. Copyright © 1961, 1993 by John Updike. Deutsche Erstveröffentlichung. Copyright © 2007 für die deutsche Übersetzung by Diogenes Verlag, Zürich

Urs Widmer (* 21. Mai 1938, Basel)

Weihnachten. Aus: *Früher war mehr Lametta.* Diogenes Verlag, Zürich 2005. Abdruck mit freundlicher Genehmigung des Autors

Bitte beachten Sie auch
die folgenden Seiten

Lyrik im Diogenes Verlag

»Alle Poesie soll belehrend sein, aber unmerklich; sie soll den Menschen aufmerksam machen, wovon sich zu belehren wert wäre; er muß die Lehre selbst daraus ziehen wie aus dem Leben.«
Johann Wolfgang Goethe

»Die Krönung der Literatur ist das Dichten, es ist ihr Zweck und Ziel. Es ist die erhabenste Tätigkeit des menschlichen Geistes. Es ist das Erreichen von Schönheit und Zartheit.«
W. Somerset Maugham

»Ein Theaterstück ist Mittelstreckenlauf, Prosa ist Marathon und Lyrik Hochsprung.« *Friedrich Dürrenmatt*

• Hugo Loetscher
Es war einmal die Welt
Gedichte

• Christian Morgenstern
Alle Galgenlieder
Galgenlieder/Palmström/Palma Kunkel/Der Gingganz. Fotomechanischer Nachdruck der Erstausgabe 1932

• Wilhelm Müller
Die Winterreise
und Die schöne Müllerin. Mit Zeichnungen von Ludwig Richter und einem Nachwort von Winfried Stephan

• Friedrich Nietzsche
Gedichte
Ausgewählt von Anton Friedrich. Mit einer Rede von Thomas Mann

• Rainer Maria Rilke
Die schönsten Gedichte
Ausgewählt von Franz Sutter. Mit einem Nachwort von Stefan Zweig

• Joachim Ringelnatz
Kuttel Daddeldu
Mit Zeichnungen von Karl Arnold

Gedichte und Prosa
in kleiner Auswahl

Sämtliche Gedichte

Ich habe dich so lieb!
Die schönsten Liebesgedichte. Herausgegeben von Daniel Keel und Daniel Kampa

• Friedrich Schiller
Die schönsten Gedichte
Ausgewählt von Christian Strich. (vorm.: *Freude, schöner Götterfunken*)

• Kurt Tucholsky
Die schönsten Gedichte
Herausgegeben von Daniel Kampa und Gesine Treptow

Sehnsucht nach der Sehnsucht
Die schönsten Liebesgedichte. Herausgegeben von Daniel Keel und Daniel Kampa

• Walt Whitman
Grashalme
Nachdichtung von Hans Reisiger. Mit einem Essay von Gustav Landauer

• Wer reitet so spät durch Nacht und Wind
Die schönsten deutschen Balladen von Gotthold Ephraim Lessing bis Erich Kästner. Ausgewählt von Christian Strich